인생 수업

인생 수업

잘 물든 단풍은
봄꽃보다 아름답다

법륜 지음
이순형 그림

정토출판

6장   잘 물든 단풍은 봄꽃보다 아름답다

서리 맞은
가을의 단풍처럼

　인생살이가 하루하루 먹고사느라 정신없이 바쁘던 시절이 있었
지요. 마치 자연이 새싹을 틔우고, 쑥쑥 자라 꽃을 피우고 열매 맺는,
그런 봄날이나 여름 시절이 있는 것처럼. 그러다가 가을이 오면, 잎
은 바람에 날려 어디론가 사라지고, 열매나 씨앗들도 떨어져 나가
고, 줄기만 덩그러니 남지요. 인생도 그런 시기가 되면 자신의 지난
행적이 왠지 낯설고, 친구나 가족도 멀어진 것 같고, 세상에 홀로 남
은 것처럼 외롭고 서글퍼집니다.

　이런 때가 오면 우리는 가끔 자신의 지난날이나 현재 상황들을 돌
아봅니다. 한 번 사는 게 뭔데 그리 아웅다웅 다투며 살았을까? 한
번이라도 가만히 멈추고 앉아 내가 왜 이렇게 사는지 생각해 볼 틈
이라도 있었나? 마구잡이로 달려온 지난날을 회상하면 문득 인생
이 꿈같기도 합니다. 그렇게 열심히 배운 공부든, 악착같이 모은 돈

이든, 소중하게 여기던 명예든, 또 행여 잘못될까 애지중지 키운 자식이든, 이들이 진정 내 사는 마지막 날에 어떤 도움이 될 수 있을까, 이런 생각을 자꾸 하다 보면 나는 지금까지 '나'를 너무 모르고 살아왔구나, 하는 회한이 일어나기도 하지요.

이럴 때 우리가 유의해야 할 것이 있습니다. 자칫 잘못하면 자기 성찰이 허탈감 쪽으로 치우쳐서 자신의 지난 과거를 원망하고 앞으로의 삶을 포기할 수도 있기 때문입니다. 내가 이 꼬라지 될려고 지금까지 살았단 말인가 싶어 한숨만 쉬거나 자괴감에 빠져 헤어나지 못하는 거지요. 살아온 날보다 어쩌면 앞으로 더 많이 살아야 할지도 모르는데, 한숨만 쉬고 앉아 있을 수만은 없지 않습니까? 세상살이 이치도 어느 정도 알고, 밥 먹고 사는 요령도 몸에 익고, 자식들도 다 컸는데, 이제는 나도 내 나름대로 나를 위해 좀 살아 봐야 하지 않겠습니까? 언젠가 겨울이 오면 어쩔 수 없이 모두 시들고 말라 버릴 테지만요.

제가 세상 이곳저곳 다녀보면, 사람 사는 모습은 다 거기서 거깁니다. 피부색이나 문화가 달라도, 태어나서 살다가 늙고 병들어 죽는 인생은 어디나 비슷합니다. 그리고 예나 지금이나 또 미래에도 늘 그럴 겁니다. 또 제가 〈즉문즉설〉을 통해서 인생의 황혼기에 든 분들을 많이 만나 보면, 그분들이 가지고 있는 삶의 고충들도 대개 비슷합니다. 한국 사람이든 미국 사람이든, 십 년 전 사람이든 오늘 사람이든, 그 나이쯤 사람들은 대체로 비슷한 자기 번민에 빠져서 삶의 행복을 못 찾고 괴로워하고 있음을 자주 봅니다. 과연 이러한 고뇌에서 벗어날 방법은 없는 걸까요? 있습니다. 진정 행복한 인생 후반전을 꾸려 나갈 길은 분명히 있습니다.

가을이 봄보다 못하지 않습니다. 봄날의 꽃보다 서리 맞은 가을의 단풍이 더 아름답습니다. 지금 당장 집 주변 산으로 한번 올라가 보십시오. 온 산이 울긋불긋 물든 모습이 아름답습니다. 봄날의 꽃이 화려하다면, 가을의 단풍은 신선합니다. 봄날의 꽃은 떨어지면 지저분하지만, 가을의 단풍은 떨어져도 주워 책갈피에 끼워둘 만큼 소중합니다. 한마디로, 가을은 익어가면서 오히려 아름답지요. 그 아름다움을 스스로 알아차리고 자신의 인생을 소중하게 여길 때 행복해집니다. 그 행복의 길로 함께 나아가고자 여기 《인생수업》 책을 다시 발간합니다.

우리는 언제 어디서나 항상 행복할 권리가 있음을 이 책을 통해 알아가기를 간절히 바랍니다.

2024년 가을
법륜 합장

인생의 황금기는
지금이다

젊을 때는 시간이 지루할 만큼 안 가는데 나이가 들면 시간이 아주 빨리 간다고 느낍니다. 같은 시간인데 왜 다르게 느껴질까요? 어릴 때는 보통 빨리 어른이 되고 싶어 합니다. 그래서 나이도 좀 올리고 "내가 형님이다", "내가 언니다" 우기기도 합니다. 그렇듯 어른 되기를 기다리니까 시간이 안 가는 듯한 겁니다.

막상 어른이 되면, 그때부터는 한 살이라도 낮추고 싶어 합니다. 어릴 때 시간의 흐름은 성장을 가져오지만 나이 들어서는 노화가 따르잖아요. 팽팽하던 얼굴에 주름이 생기고, 검던 머리카락에 흰머리가 하나둘 생기고, 밤을 새워도 끄떡없던 체력이 하루가 다르게 약해집니다. 마음은 여전히 청춘인데 몸은 마음대로 되지 않는 걸 느끼기 시작합니다.

그러면 '해 놓은 것도 없이 나이만 먹었구나!' 하는 생각에 미래가 두려워지면서 마음이 과거로 향합니다. 그래서 흔히 나이 들면 지난

이야기를 하면서 추억에 잠기고 지난 세월을 그리워해요.

'그때가 좋았어'라고 그리워하는 바로 '그때'는 과연 행복했을까요? 어릴 때, 젊을 때는 다 행복한 걸까요? 중고등학생에게 행복하냐고 물어보세요. 다 힘들다고 합니다. 대학생에게도 행복하냐고 물어보세요. 다 힘들다고 해요. 지난 시간은 다 아름답고 좋은 것 같아도 실제 그 시간에 늘 행복했던 것만은 아닙니다.

후회는 지금의 나, 지금의 생활에 만족하지 못하는 데서 비롯합니다. 한 여론조사에서 10대부터 50대까지 "인생에서 가장 후회되는 게 무엇인가요?" 하고 물었을 때, 세대와 상관없이 1위가 바로 "공부 좀 할 걸"이라는 대답이었다고 합니다. 그러니까 '그때 놀지 말고 공부했더라면' 지금 훨씬 더 잘 살고 있을 거라고 생각하는 겁니다.

그처럼 우리는 늘 후회하며 과거에 연연해합니다. '그때 이걸 알았더라면', '이런 선택을 했더라면' 하고 인생극장의 시나리오를 쓰면서 지난 선택을 후회하고 지금의 모습을 초라하게 여깁니다. 되돌릴 수 없는 과거에 매이면 현실은 늘 괴롭고 불만스러울 수밖에 없습니다.

그럼 인생을 후회 없이 행복하게 사는 비결은 무엇일까요? 바로 10대는 10대에 충실하고 20대는 20대에 충실한 겁니다. 10대에 충실한 것은 무엇일까요? 10대는 공부에만 매진하면 됩니다. 어른이 되면 늘 책임져야 하고 밥벌이를 해야 하는데, 10대에는 공부만 해도 되고 그것만 잘하면 칭찬까지 받잖아요. 인생에서 그런 시간이 두 번 오지 않는데 그때는 그걸 모르고 힘들어합니다. 20대가 되면 연애하면서 설렘도 맛보고 가슴앓이도 합니다. 이것은 청춘이 누릴 수 있는 특권이에요. 설사 실패해도 그 경험 덕분에 사람에 대한 이해가 깊어지고 삶도 성숙해집니다. 그런데 이 과정이 힘들다고 '빨리 나이 들어 이런 가슴 아픈 일을 겪지 않았으면 좋겠다'고 생각합니다.

그 시기에는 늘 힘들고 괴로워하지만 지나고 보면 또 '그래도 그때가 좋았어'라고 그리워합니다. 지금 4, 50대가 나이 들었다고 한탄하는데, 한 2, 30년 지나고 보면 바로 지금 시절이 한창때였음을 알게 됩니다. 지금 6, 70대가 나이 들었다고 서러워하는데, 10년 지나면 또 '내가 10년만 젊어도' 하면서 그때를 그리워합니다. 이렇듯 늙었다는 건 상대적인 겁니다. 청춘인 고3이 고2에게 심부름을 시키면서 이렇게 말하잖아요. "젊은 네가 해라. 늙은 나는 쉴란다."

아이가 어른을 흉내 내며 현재를 살지 못하는 것도, 또 젊은 사람이 험난한 세상살이가 힘들다고 '나도 빨리 나이 들었으면 좋겠다'라고 생각하는 것도, 늙어서 '젊었을 때가 좋았다'라고 젊음을 부러워하는 것도, 지금 주어진 행복을 제대로 보지 못하는 어리석음 때문입니다.

그러니까 젊은 사람은 '젊으니까 힘도 있고 꿈도 가질 수 있어서 정말 좋구나', 또 나이 든 사람은 '인생 경험을 많이 했더니 이해의 폭이 넓어지는구나' 이렇게 자기를 긍정하고 현재의 삶을 더 좋게 만들어 가야 합니다.

어릴 때는 어린 대로, 젊을 때는 젊은 대로, 늙으면 늙은 대로 좋은 사람은 평생 행복하게 삽니다. 과거에 연연하지 않고, 미래를 두려워하지 않고, 지금을 충실히 살면 그 사람은 늘 인생의 황금기를 사는 거예요. 그러면 나이가 들어도 서글프지 않고 인생의 마지막 순간까지 행복하게 살 수 있습니다.

그런데 오늘 우리가 나이 들어가면서 후회하고 만족하지 못하고 불행한 것은 세상에서 추구하는 가치에 휘둘려 자기중심을 잡지 못하는 데 있습니다. 좋은 대학에 가야 하고, 더 많은 돈을 벌어야 하고, 더 높은 지위에 올라야 하고, 더 널리 이름을 알려야 하고… 숱한 욕망에 사로잡혀 인생을 살아가기 때문입니다.

이제 내 중심을 잡고 인생의 문제를 해결하려면 지금까지 삶의 우선순위였던 재물, 출세, 명예, 건강 등에 대한 욕구를 뒤로 돌려야 합니다. 이 욕구들이 앞을 가로막고 있어서, 그것을 해결하기 급급해서 정작 중요한 것이 보이지 않았던 겁니다. 그 욕망들을 내려놓아야 그 순간 눈이 열리고 어떻게 해야 행복해지는지 비로소 인생의 길이 보이기 시작합니다.

　마치 영원히 살 것처럼 오늘을 허투루 보내고 있지는 않은지 자신을 돌아보세요. 죽음의 순간은 언제 올지 알 수 없기 때문에 오늘 최선을 다해야 하고, 그 마음을 잃지 않아야 내일 죽어도 후회 없는 인생을 살 수 있습니다. 세상에서 추구하는 성공과 상관없이 스스로 만족하는 삶을 살아갈 때, 그것이 바로 좋은 인생입니다. 늘 오늘의 삶이 만족스러우면 그게 곧 행복한 인생이지요.

법륜

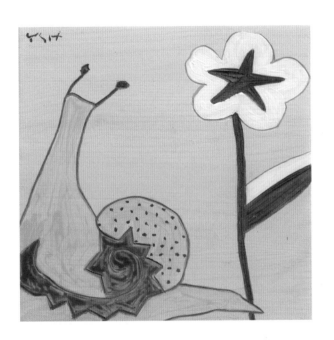

1장

지금, 당신은 행복합니까

●
내 인생의 주인은 나예요.
그래서 내가 내 인생을 행복하게 할 책임도 있고
권리도 있습니다.

왜 사느냐
다시 묻고 싶을 때

"사람은 왜 살아야 합니까?" 젊을 때 많이 하는 질문입니다. 그리고 또다시 묻는 시기가 있습니다. 40대, 50대 혹은 갱년기에 접어들어 '사는 게 뭔가, 대체 인생이란 무엇인가?' 하는 회의가 들면서 다시 묻게 됩니다.

그런데 이 질문에는 답이 나올 수가 없습니다. 삶이 '왜'라는 생각보다 먼저이기 때문이에요. 존재가 사유보다 먼저 있었습니다. 살고 있으니 생각도 하는 건데 '왜 사는지'를 자꾸 물으니 답이 나올 수가 없지요. 내가 태어나고 싶어서 태어난 게 아니라 이미 태어나 있었습니다. 한국 사람이 되고 싶어서 된 게 아니라 이미 한국 사람이 되어 있었습니다. 그런데 '내가 왜 한국 사람이 됐지?' 이렇게 물으면 답이 나오지 않습니다.

그런데도 자꾸 그런 생각을 하면 '이렇게 삶의 의미도 모르고 살아서 뭐 해' 하는 생각이 들기도 합니다. 이처럼 '왜 사는가'를 계속 묻다 보면 자살과 같은 부정적인 생각으로 흐르기가 쉽습니다. 그래서 이제 생각을 바꾸어야 합니다. '메뚜기도 살고, 다람쥐도 살고, 토끼도 사는구나. 나도 살고 저 사람도 산다. 모두 살고 있는데 그럼 어떻게 사는 게 좋은 걸까? 행복하게 사는 게 좋을까, 괴롭게 사는 게 좋을까?', '행복하게 사는 게 좋다. 그럼 어떻게 하면 행복하게 살지?'

이것이 이미 살고 있는 존재로서 건강한 사고방식입니다. 풀도 그냥 살고, 토끼도 그냥 살고, 사람도 그냥 삽니다. 또 때가 되면 죽습니다. 살고 싶어서 살고 죽고 싶어서 죽는 게 아니라, 삶은 그냥 주어졌고 때가 되면 죽는 거예요. 결국 주어진 삶에서 내가 선택할 수 있는 것은 '괴로워하며 살 것인가, 행복하게 살 것인가'의 문제입니다.

그리고 '왜 살아야 하는가'라는 질문 속에는 '나는 특별하다'는 생각이 숨어 있습니다. '나는 특별하다. 그래서 특별한 인생을 살아야 한다. 그런데 그러지 못해서 괴롭다.' 내 삶에 특별한 의미를 부여하고 그에 맞게 인생을 살아야 한다는 부담을 스스로 갖는 겁니다.

그런데 길가에 자라난 풀 한 포기나, 산에 사는 다람쥐나, 우리네 사람이나 다 똑같습니다. 자기 자신은 스스로 특별한 줄 알지만 사실은 별거 아니에요. 아무리 잘난 척해도 100일만 안 먹으면 죽고, 코가 막혀 10분만 숨을 못 쉬면 죽습니다. 그래서 자신을 특별한 존재라고 생각하지 않는 게 굉장히 중요합니다. 그러면 특별해져야 한

'왜 사느냐'는 질문으로 삶에 시비를 거는 대신
'어떻게 하면 오늘도 행복하게 살까'를 생각하는 것이 발전적인 길입니다.

다는 부담 없이 가볍게 살아갈 수 있고 어떤 사람을 만나든 어떤 일을 하든 편안하게 할 수 있습니다.

내 인생의 주인은 바로 나예요. 그래서 내가 내 인생을 행복하게 할 책임도 있고 권리도 있습니다. 그런데 자꾸 이런저런 이유를 붙여서 자신을 괴롭히면 행복해야 할 내 인생을 내가 내팽개치는 것과 같습니다. 그러니까 '왜 사느냐'는 질문으로 삶에 시비를 거는 대신 '어떻게 하면 오늘도 행복하게 살까'를 생각하는 것이 삶의 에너지를 발전적으로 쓰는 길입니다. 그것이 내 인생에 대한 책임과 권리를 지닌 주인으로 사는 것이기도 합니다.

오늘을 견디면
내일은 달라질 거라 믿었다

어릴 때는 '어른만 되면 행복할 거야'라고 생각합니다. 학창 시절에는 '대학만 들어가면 좋아질 거야'라고 생각해요. 그러고는 '대학만 졸업하면', '결혼만 하면', '애만 낳으면' 하면서 내일을 기대합니다. 늘 다음을 기약하면서 오늘을 힘들게 견디는 겁니다. 그렇게 지금까지 열심히 달려왔습니다. 그러다 나이 들고 보니 '내가 잘 살고 있는 건가?' 하는 생각이 든다는 분이 많습니다.

한 분이 이런 질문을 했습니다.

"어떤 생이 성공적이고 좋은 인생인가요?"

자기 분야에서 나름대로 성공했다는 평가를 받는 분인데, 그런 사회적 평가와 상관없이 자신의 삶이 성공적인지 확신이 서지 않는다는 겁니다.

그럼 무엇을 성공이라고 할까요? 먼저 자신이 원하는 것을 이루면 성공이라고 할 수 있는데, 많은 사람이 돈을 많이 벌면 성공이라고 생각합니다. 그리고 지위, 권력, 인기를 얻으면 성공이라고 생각해요. 그런데 이와 같은 성공은 상대적인 가치입니다. 부자도 상대적이어서 재산이 1억 원밖에 없는 사람들 속에서 재산이 10억 원인 사람은 부자 소리를 듣습니다. 그런데 재산이 100억 원인 사람들 속에서 10억 원 가진 사람은 가난뱅이 소리를 들어요. 어떤 사람과 비교하느냐에 따라서 상대적으로 부유한지 가난한지 결정되는 겁니다. 지위도 마찬가지입니다. 군대에서 소대장이 병사들과 있으면 지위가 높지만, 중령과 있으면 지위가 낮은 축에 들어갑니다. 어떤 지위에 있는 사람과 비교하느냐에 따라 그 사람의 지위가 달라지는 겁니다.

이런 성공은 영원할 수가 없습니다. 마치 시소게임처럼 내가 올라갈 때는 성공이라 하지만 다음에 내려가면서는 실패하는 형국이 됩니다. 이렇듯 지속되지 못하는 일시적인 성공을 진정한 성공이라고 할 수 있을까요?

돈의 경우도 그렇습니다. 목표했던 돈을 다 모으면 소원이 없을 거라고 생각합니다. 그래서 돈이 없는 사람은 돈이 있는 사람들을 보면 '무슨 걱정이 있겠느냐'고 생각합니다. 그럼 돈 있는 사람들은 근심 걱정이 없을까요? 어쩌면 돈이 있는 사람들이 더 근심 걱정이 많을 수도 있습니다. 자기 돈을 지키느라 걱정해야 합니다. 또 자기보다 더 많이 가진 사람과 비교해서 부족함을 느끼기도 할 겁니다.

그래서 '논 아흔아홉 마지기 가진 사람이 한 마지기 가진 사람에게 논을 달라고 한다'라는 옛말이 있습니다. 아흔아홉 마지기 가진 부자가 백 마지기를 채우려고 한 마지기 가진 사람 것을 가지려 한다는 겁니다.

또 세상에서 추구하는 성공은 남의 평가와 본인이 느끼는 것이 다를 때가 있습니다. 남으로부터는 성공했다고 평가받을지 몰라도 자신의 삶은 피폐해진 경우가 많습니다. 그래서 늙거나 병들었을 때 '내 인생은 참 보람 있었다. 다시 태어난다 해도 그 일을 하겠다'는 것보다는 '지나온 삶이 허망하다'고 할 때가 더 많고, 그래서 '내가 공연히 쓸데없는 데 인생을 낭비했구나!' 후회하는 경우가 많습니다.

그럼 진정으로 성공적인 인생, 좋은 인생이란 어떤 걸까요? 세상에서 추구하는 성공과 상관없이 자기가 만족하면 좋은 인생입니다. 흔히 도시에서 돈을 많이 벌어 큰 아파트에서 살면 성공했다고 생각하지만, 시골에서 농사짓고 살면서도 만족한다면 성공한 인생이에요. '나는 참 행복하다. 좋은 공기 마시고, 깨끗한 물 마시고, 오염되지 않은 농산물 먹고, 자유롭게 일하니.'

그러니까 내일 행복할 거라 미루지 말고 오늘 자기 삶에 만족하면 잘 사는 겁니다. '하루에 밥을 다섯 끼, 여섯 끼 먹을 것도 아니고, 옷을 몇십 벌 껴입고 다닐 것도 아니고, 차 몇 대를 동시에 굴릴 것도

세상의 성공 기준에 맞추어 욕구가 충족된다고 행복해지는 게 아닙니다.
오히려 욕구를 버리거나 기대를 낮추는 만큼 기쁨과 만족이 일어납니다.

아니니까 소박하게 마음 편하게 사는 게 최고야' 이렇게 만족하며 산다면 그게 좋은 인생입니다.

어떤 일을 하는가는 중요하지 않습니다. 자기가 원하는 일이 있으면 그 일을 하는 거예요. 새로운 농법을 연구하는 것도 보람 있는 일이고, 동네에 작은 가게를 열어서 재미있게 경영하는 것도 좋은 일이고, 또 넓은 세상에 나가서 국제사회에서 활동해 보는 것도 좋은 일입니다. 자기가 원하는 일을 하면 힘들어도 즐겁습니다. 군사훈련 받느라 산에 올라갔다 오든, 등산하러 산에 갔다 오든, 육체적으로 고된 것은 같습니다. 그런데 군사훈련 받느라 산에 갔다 오면 힘들고 괴롭지만 등산하는 건 고되지만 즐겁잖아요.

저도 강연을 다니다 보면 잠이 부족해 힘들지만 제가 좋아하는 부처님 말씀을 전할 수 있어서 즐겁습니다. 한번은 법문하러 갈 때 늦어서 택시를 탔는데, 그 기사가 차를 아주 난폭하게 몰았습니다. '이 사람이 얼마나 화가 나고 짜증이 나면 이렇게 신경질적으로 차를 몰겠나' 싶어서 물었습니다.

"오늘 기분 나쁜 일이 많은가 보죠?"

택시 기사가 한숨을 크게 쉬었습니다.

"마누라가 집을 나갔습니다. 일곱 살짜리 애도 있는데요."

그래서 다시 물었습니다.

"한 시간에 얼마 법니까?"

"2만 원 정도 법니다."

"제가 10만 원 드릴 테니 5시간 대절합시다."

절 앞에 내려 10만 원을 주면서 5시간 차 세워 놓고 들어와서 법문을 들으라고 했습니다.

그 기사가 난폭하게 운전해서 교통사고가 나면 얼마나 큰 손실이 생깁니까. 또 짜증 내며 신경질적으로 생활하면 아이 교육에도 매우 나쁜 영향을 미칩니다. 그런데 그분이 무엇이 문제인지를 자각해서 부인이 없는 상태에서도 행복하게 운전할 수 있게 된다면 어떨까요? 부인이 돌아올 가능성도 높고 사고 위험도 줄어듭니다. 그러면 그 택시 기사뿐 아니라 여러 사람을 살리는 결과를 가져옵니다.

원하는 것이 이루어지지 않는다고 해서 불행한 일도 아닙니다. 다만 열심히 할 뿐 결과에 연연하지 않으면 그 과정에서 이미 행복합니다. 그런데 자기중심 없이 남의 시선을 의식하고 남의 평가에 매달려 성공이라는 거품을 부풀리면 그 거품이 꺼질 때 삶이 허무해집니다.

요즘 허세와 헛된 욕망에 팔려서 인생을 낭비하고 늘 남과 비교하며 자기를 학대하고 사는 사람들이 많습니다. '나는 능력이 없다'라는 생각에 빠져 무기력하게 살거나 남을 원망하고 살면서 자기를 비참하게 만듭니다. 그러나 세상의 성공 기준에 나를 맞추고 내 욕구가 충족된다고 행복해지는 게 아닙니다. 오히려 우리의 욕구를 버리거나 기대를 낮추는 만큼 기쁨이 일어나고 만족감이 생깁니다.

허세와 헛된 욕망에 휘둘리는 사람들은 계속 바깥세상 탓만 하지 자기 내면을 돌이켜보고 만족하는 힘이 없습니다. 주변 상황과 조건의 변화에 따라 웃고 울면서 늘 흔들리는 인생을 살게 됩니다.

나이 들면서
얻은 것과 잃은 것

모든 것은 변해 갑니다. 그런데 예전 생각만 하고 지난 것을 고집하면 거기에서 괴로움이 생깁니다. 어릴 때 우정으로 뭉쳤던 친구들도 세월이 가면 자기 살기 바빠서 흩어지기 마련입니다. 그러다 보면 예전처럼 모여도 반갑게 만나지 못하고 시들합니다. 물론 우정은 있겠지만 어릴 때와 같은 관계는 아닙니다. 그런데 그것은 나이 들어가면서 자연스럽게 일어나는 현상이에요.

"최근에 보니까 제가 필요할 때 마음 놓고 소주 한잔 마실 친구가 없더라고요. 누구는 왠지 불편하고, 또 누구는 자기주장이 너무 강해서 머리가 아프고, 또 누구는 남하고 타협할 줄 몰라서 피곤하다는 느낌을 받아요. 주위에 사람이 자꾸 줄고 진심으로 만날 수 있는 친구가 줄어드는 듯합니다. 제가 고향에 내려가면 예전에는 다섯 명이 모였다면 지금은 한두 명이 모일 정도입니다. 그것도 억지로 나오는 거 같아요."

30대 청년의 하소연입니다. 나이 들어가면서 많은 사람이 이 청년처럼 친구에 대한 서운함을 호소합니다. '우정이 옛날 같지 않다', '친구들이 이기적으로 변했다'고 섭섭해합니다. 학교 다닐 때는 친구가 제일입니다. 무엇이든 친구와 함께하고 부모님에게 하지 못하는 이야기도 친구에게는 터놓고 합니다. 그래서 부모님보다 친구를 더 믿고 의지하기도 해요.

어릴 때는 부모에게 의지하다가 학창 시절에는 친구에게 의지하고, 이성에 눈을 뜨면서 연애에 빠지고, 사회에 나가면 또 직장동료라는 새로운 관계를 맺어 가는 것이 자연스러운 겁니다. 그런데 그런 변화에 서운해한다면 아직 청소년 때만 생각하고 그 시절의 낭만에 젖어 있는 거예요.

이제 결혼하면 친구와 만남도 점점 드물어집니다. 부인의 눈치를 봐야 하니까 친구에게 술 한잔 사기도 힘들어집니다. 여자의 경우라면 남편과 자식 챙기느라 옛 친구와 저녁 약속을 하기가 더 어려워집니다. 가정이 있으니까 혼자 살 때처럼 자기 마음대로 사람을 만날 수도 없는 거예요.

어릴 때는 떨어져 살 거라고 상상하지 못했던 형제도 나이가 들면 뿔뿔이 흩어집니다. 같은 밥상에서 밥 먹고 옷을 나눠 입던 형제도 자기 가정을 가지면 다 제 갈 길을 갑니다. 그래서 부모 형제를 내 마음대로 도와주기도 어려워집니다. 가정을 따로 꾸렸으니까 부인이

"우리 쓸 것도 없는데 왜 당신 마음대로 형제에게 줬느냐"고 따지면 할 말이 없는 겁니다.

이런 변화는 자신이 몸담은 울타리가 달라지면서 생기는 것이니까 자연스럽게 받아들여야 합니다. 그런데 옛날 기억 속에서 '그때가 좋았다'고 집착하기 때문에 변화를 못 받아들이고 혼자 괴로워하는 겁니다. 그러니까 친구들이 나쁘고 의리가 없는 게 아니라 내가 아직 어린애 같은 생각을 하고 있다는 걸 알아야 합니다. 본인도 친구들에게서 멀어지는 기분을 느끼고 있잖아요. '누구는 불편하고 누구는 피곤해서 만나도 편하지 않다'는 건 본인도 친구들에 대한 우정이 예전 같지 않다는 겁니다. 나도 변하면서 원인을 친구에게 돌리고 그의 행동만을 문제 삼으니까 친구들이 점점 더 떨어져 나가는 거예요.

"해가 거듭될수록 제가 친구 관계에 너무 예민하고 까칠해져서 위장장애를 달고 삽니다. 약을 먹고 있지만 어떻게 하면 마음이 편안한 사람이 될 수 있을까요?"

상대방을 내 뜻대로 하려 하고 내 취향에 맞는지를 너무 따지면 인생살이가 피곤해서 병이 생길 수밖에 없습니다. 먼저 친구들과 늘 함께해야 한다는 생각을 내려놓아야 자유로워집니다. 같이 있으면 대화할 수 있어서 좋고 혼자 있으면 혼자 있어서 좋아야 합니다. 그러면 곁에 사람이 있든 없든 아무런 상관이 없고 언제 만나든 편할 수 있어요.

'오는 사람 막지 말고 가는 사람 잡지 말라'는 말이 있습니다. 이 것은 인간관계를 아무렇게나 내버려두라는 게 아니라 주어진 인연 을 그대로 받아들이라는 뜻입니다. 사람 관계가 변하는 것을 억지로 잡으려고도 하지 말고, 떠난다고 아쉬워하지도 말고 집착하지도 않 아야 편안한 관계를 맺을 수 있습니다. 그래야 새로운 인연도 만날 수 있어요.

상대를 이해하지 못하면 내 마음이 답답해지고 상대를 이해하면 내 마음이 시원해집니다. 누군가를 좋아하면 내 마음에 기쁨이 일어 나고, 누군가를 미워하면 내 마음에 괴로움이 생깁니다.

그런데 우리는 너무나 오랫동안 부정적으로 마음을 쓰다 보니 상 대를 이해하기보다 내 생각을 고집해서 원망하고 미워하는 마음을 내는 데 익숙합니다. 그럴 때 '아, 내 마음에 안 든다고 미움이 일어 났구나', '같이 있어 주지 않는다고 원망하는구나'라고 마음을 살피 면 도움이 됩니다. 그러다 보면 우정에 대한 집착도, 친구에 대한 미 움도 점점 사라집니다.

결혼,
다만 그것일 뿐

20대든 30대든 40대든 결혼하지 않은 사람은 흔히 결혼에 대한 고민과 환상이 많습니다. 한 30대 여성이 이렇게 물었습니다.

"제가 결혼해서 잘 살 수 있을지 모르겠어요. 그래서 결혼을 해야 할지 말아야 할지 고민입니다."

그럼 결혼할 상대는 있느냐고 물었더니, "아직 없는데요"라고 했습니다. 결혼할 사람도 없는데 결혼 걱정을 하면 뭐 합니까? 아직 오지도 않은 일을 미리 걱정하고 우울해하는 사람을 좋아할 남자가 있을까요? 아마 심각하고 어두운 얼굴빛에 질려서 다가오려고도 안할 거예요.

또 어떤 여성은 결혼을 하고 싶은데 남자를 못 만나서 괴롭다고 하소연했습니다. 이때 조심할 것이 있는데, 결혼에 대한 조급한 마음 때문에 남자를 잡으려고 덤비면 남자는 부담스러워서 도망간다는 거예요. 그러니까 결혼에 너무 집착하고 마음이 급하면 오히려 결혼을 그르칠 수 있습니다.

요즘은 혼자 살아도 좋은 세상이잖아요. 혼자일 때는 '혼자여서 좋구나' 하면서 재미있게 살면 됩니다. 가벼운 마음으로 늘 생글생글 웃고 살면 남자가 아니라 누구라도 좋아하겠지요. 좋다고 매달리는 사람이 있으면 같이 살면 되잖아요. 그러니 결혼을 한다, 안 한다, 혼자 고민할 필요도 없고 언제 결혼하겠다고 결론 내릴 필요도 없습니다. 혼자 결론 내린다고 그대로 되는 것도 아닌데 결혼을 심각하게 생각하면 공연히 인생을 어둡게 사는 거예요.

한 40대 여성은 결혼을 못 해서 자신이 초라하게 느껴진다고 고민을 털어놓았습니다. 결혼을 하면 당당하고 결혼을 하지 못하면 초라한 걸까요? 제가 일흔이 넘었는데도 결혼을 안 했다고 그걸 초라하게 여기거나 고민하지 않잖아요. 저보다도 젊은데 왜 자신을 초라하게 느낄까요? 바로 자신을 부정적으로, 패배자로 보기 때문입니다. 만약에 제가 '일흔이 되도록 결혼도 한번 못 했다' 이렇게 생각하면 인생 낙오자가 되는 거고, '나는 일흔이 될 때까지 결혼 안 하고 버텼다' 이러면 승리자가 됩니다. 그러니까 '다른 사람은 다 했는데 나는 마흔이 넘도록 안 하고 버텼다'고 생각하면 인생의 승리자가 되는 거예요.

마흔이 넘도록 결혼을 안 했다는 건 잘한 것도 아니고 잘못한 것도 아니고, 성공도 아니고 실패도 아니고, 다만 그것일 뿐입니다. 어떤 사람은 결혼하지 않은 것을 자랑삼으니까 잘한 게 되고, 어떤 사람은 그것을 부족함이라고 생각하니까 스스로 초라해지는 거예요. 마흔이 넘도록 결혼을 안 한 게 초라한 것이 아니고 자기가 자기를 초라하게 생각하는 겁니다.

이혼했다, 결혼했다, 결혼을 못 했다, 시험에 떨어졌다, 시험에 붙었다, 그 어떤 일이든 그건 단지 그것일 뿐이에요. 그 일에 내가 슬픔과 기쁨, 초라함, 당당함의 의미를 부여하는 것입니다. 다른 누구도 아닌 자신이 어리석은 생각으로 자신을 괴롭히는 거예요. 자신을 초라하게 여기면 마음이 무거워져서 다른 사람을 만나기도 힘들어집니다. 이런 분은 자신에 대한 부정적인 생각을 거두고 마음을 가볍게 가질 필요가 있습니다.

또 마흔두 살인데 연애를 제대로 못 해 봤다는 남자분이 있었습니다. 왜 연애를 못 했을까요? 마음에 드는 여자가 있으면 "나는 너 좋은데" 이렇게 말해 버리면 되는데 그걸 못 해서 연애를 못 하는 겁니다. 만약 상대가 "난 너 싫어" 하면 "알았어" 하면 되는데, 싫다는 소리가 듣기 싫고 "나도 너 좋아"라는 대답을 들으려고 하니까 말을 못 꺼내는 거예요. 그래서 기회를 놓치는 겁니다.

상대가 싫다고 하면 "알았다" 하면 끝나는 거예요. 그럼 다시 다른 사람에게 "나 너 좋아" 하면 됩니다. 상대가 "난 너 싫어" 한다고 거기에 상처받을 필요도 없어요. 그것은 그 사람의 자유니까요. 그것도 자꾸 들으면 면역이 생겨서 괜찮습니다. 그러다가 어떤 여자가 "나도 너 좋아" 하면 사귀면 됩니다.

그런데 상대가 "나 너 싫어" 하는데도 좋으면 어떻게 해야 할까요? 그럴 때는 작전을 짜야 합니다. 나를 싫어하는 상대가 날 좋아하도록 만들려면 비상한 관심과 노력을 기울여야 해요. 그렇게 노력하다 보면 연애 기술을 터득해서 상대에게 다가가는 능력이 생깁니다.

연애를 제대로 못 해 봤다면 지금부터라도 1년에 세 번은 해 보겠다고 가볍게 생각하고 시작하면 됩니다. 깊이 사귀려고 하면 마음에 부담이 생기니까 가볍게 사귀어 보겠다는 마음이 필요합니다. 이때 이것저것 조건을 따지지 않아야 좋은 사람을 만날 수 있습니다. 결혼을 해 봤던 사람도 상관하지 않고 위아래로 열 살 정도 개방을 하면 만날 수 있는 상대가 많아집니다. 너무 조건과 틀에 맞춰서 고르지 말고 마음을 열고 사람들을 대해야 좋은 인연을 만날 수 있다는 겁니다.

요즘 여성들은 사회활동으로 결혼을 늦게 하는 경우도 있고, 자기 일이 있을 때는 결혼에 대한 생각이 크지 않다가 나이 들어서 결혼을 생각하는 경우도 있습니다. 쉰여덟 살인데 혼자 사는 외로움 때문에 폭식을 하는 것 같고, 지금이라도 결혼하고 싶은데 괜찮을지 물은 분이 있었어요.

결혼에는 적령기가 따로 없습니다. 쉰여덟이 됐는데 외로움을 탄다면 결혼을 해도 됩니다. 그런데 결혼 생활이 원만하기는 조금 어렵다는 것을 알고 해야 합니다. 혼자 살아온 습관이 너무나 오래 몸에 배었기 때문에 나이 들어서 남과 같이 사는 데 적응하기가 쉽지 않습니다. 결혼하기 전까지는 자기 하고픈 대로 살았지만 결혼하면 상대에 맞춰야 하잖아요. 외로움은 해소될지 몰라도 생활을 같이하다 보면 불편한 점이 생기게 마련입니다.

그런 면에서는 결혼하는 걸 꼭 추천하고 싶지는 않지만 하고 싶으면 해도 괜찮습니다. 결혼하고 3일 살다가 헤어지더라도 일단 해 보면 결혼에 대한 미련이 끊어질 거 아니에요. 그런데 한 번도 안 해 보면 계속 결혼에 미련을 갖기 때문에 한번 해 보고 상황을 봐서 정리해도 된다는 겁니다.

'왜 스님이 결혼을 가볍게 얘기하지?' 이런 의문이 생길 수도 있을 거예요. 마흔 살 전에 결혼을 하면 자녀가 생기기 때문에 20년을 책임질 생각을 하고 결혼해야 합니다. 하지만 쉰 살이 넘으면 아기 낳을 일은 없잖아요. 그러니까 결혼에 미련이 있으면 해 보고 아니면 헤어져도 괜찮다는 겁니다. 수행을 통해서 미련을 떨칠 수도 있지만 실제로 해 보고 미련을 떨치는 것도 좋은 방법입니다.

그리고 외로움이 문제라면 꼭 결혼을 해야 해결되는 건 아니에요. 공동체 생활을 하면서 가족처럼 같이 밥 먹고 같이 일하면서 외로움을 극복할 수도 있습니다. 집은 따로 있더라도 직장에서 퇴근 후 봉사활동으로 10시나 11시까지 함께 일하다가 각자 집으로 들어가는 생활도 좋습니다.

사실 그런 생활을 하기 힘들면 결혼 생활도 하기 어렵습니다. 외로워서 결혼했는데 막상 하고 보니 자기 시간이 없다고 갈등하는 경우가 생기거든요. 외로움은 없어지는데 '도무지 내 시간이 없다. 너무 정신이 없다'면서 괴로워할 수 있습니다. 그것도 같이 살기 때문에 오는 문제가 아니라, 혼자 살다가 함께 사는 데서 오는 반작용이에요. 그러니까 결혼을 하기 전에 함께 사는 생활도 경험해 보면서 스스로 조율을 해야 합니다. 어느 것이 옳다는 건 없어요.

결혼을 하든 안 하든 이런 문제도 있고 저런 문제도 있습니다. 중요한 것은 후회를 남기지 않는 겁니다. 그러니까 혼자 사는 생활과 함께 사는 생활을 다 경험해 가면서 자기 마음을 정리하는 게 좋습니다.

구멍 난 가슴에
찬바람이 드는 나이

　남편은 자기 할 일로 바쁘고 아이들도 다 커서 별로 할 일이 없을 때, 4, 50대 가정주부들은 우울증을 겪기도 합니다. 자기 존재감이 없어지면서 '나는 여태 뭐 하고 살았지?' 하며 우울해지는 겁니다.

　이때 겪는 갱년기 장애는 신체에서도 오지만 절반은 정신적인 것에서 옵니다. 예를 들어 서른여덟 살에 결혼해서 애 낳아 키우느라 정신이 없으면 쉰 살이 넘어갈 때까지도 갱년기 장애가 없습니다. 그런데 스물 일고여덟에 결혼해서 애들이 중고등학교에 들어가면 40대 갱년기 장애가 오기 쉽습니다.

　아이가 어릴 때는 "엄마, 엄마" 하면서 늘 엄마 곁에서 맴돕니다. 그러다 사춘기가 되면, 특히 남자아이들은 엄마와 좀 거리를 두려고 하고 같이 다니는 걸 창피해합니다. 그러면 엄마는 자식의 변화를 배려하면서 아이와 관계를 조율해야 하는데 여전히 어린애 취급을 합니다. 아이로서는 밖에 나가면 여자애들에게 제법 어른 흉내를 내려고 하는데 엄마만 만나면 애 취급을 받으니까 같이 있지 않으려고 하는 겁니다.

가정에서 해야 할 일이 점점 줄어들다 보니 아침에 자식과 남편이 다 나가고 나면 오후까지 멍하게 시간을 보내기도 합니다. 그러다 거울을 보면 벌써 흰 머리카락이 생기고 얼굴에 주름살이 생긴 걸 발견합니다. 나가서 뭔가 해 보려고 마음을 내기에는 너무 오랜 시간이 지나 자신감도 없습니다. 공허하지요.

이럴 때 집에 있으면 자꾸 아이나 남편을 문제 삼기 쉬우니까 자원봉사 같은 활동을 하면 우울하고 허전한 마음을 치유하는 데 큰 도움이 됩니다. 돈을 안 벌 뿐이지 자기 일이 있고, 자신의 봉사가 다른 사람에게 참 귀중하게 쓰이는 경험을 하면 우울증에 빠지지 않고 생기를 얻기 때문이에요. 그리고 시간과 열정을 세상을 위해서 아주 의미 있게 쓰다 보면 보람 있게 자기실현을 할 수도 있습니다.

한 주부는 아이가 초등학교에 들어가자 봉사활동을 하면서 생기를 찾았습니다. 직장보다 더한 열정을 갖고 일하니까 갱년기 장애나 우울증을 모르고 지냅니다. 남편은 '돈도 안 되는 일을 왜 하느냐'고 말할지 모르지만, 부인이 그런 활동을 하면 정신적으로 굉장히 건강하고 자식에게도 덜 집착하게 됩니다. 그리고 남편에게도 좀 더 너그러워집니다.

정토회 자원봉사자들 가운데 90퍼센트가 여자분들입니다. 특히 가정주부들은 돈을 벌지 않고 살아서 돈을 받지 않는 데 익숙합니다. 그러나 남자들은 늘 돈을 벌고 살았기 때문에 돈 버는 것에 관심이 많고, 나이가 일흔이어도 '어디 돈 벌 데 없나?' 하는 생각을 많이 합니다. 물론 나이 들어서도 일자리를 찾아 일하는 것도 좋지만, 최소한 먹고살 수만 있으면 남을 위해 일하고 세상을 아름답게 만드는 일을 함께 하는 것이 활력도 생기고 마음이 젊어집니다. 그러면 몸도 덜 늙습니다.

지금까지 내 인생, 내 자식, 내 남편, 내 부모만 알고 열심히 착실하게 살았습니다. 물론 다른 사람들을 위해 봉사하는 것이나 가족을 위해 봉사하는 것이나 크게 다르지 않습니다. 바꾸어 말하면 잘못산 것이 아니라 단지 개인적으로 살았다는 거예요.

그러니까 남은 인생은 좀 더 큰마음을 내서 이웃과 세상을 위해서 살아 보는 것도 좋습니다. 내 울타리를 깨고 나가면 시야도 넓어지고 인생도 씩씩하게 살아갈 수 있습니다. 자식이 시험에 떨어졌다고 해도, 심지어 배우자가 세상을 떠나는 일이 생겨도 오래 힘들어하지 않고 잘 극복해 갑니다. 인생에서 어떤 일이 일어나든 거기에 덜 구애받을 만큼 내면의 힘이 커지기 때문입니다.

시간과 열정을 세상을 위해 쓰다 보면,
우울증에 빠지지 않고 생기를 얻을 수 있습니다.
보람 있게 자기실현도 할 수 있습니다.

잘나갔던 옛날로
돌아가고만 싶다

"요즘 몸과 마음이 많이 약해지는 것을 느낍니다. 어떻게 하면 젊게 살 수 있을까요?"

한 여성분이 물었습니다. 나이 들어가면서 젊을 때처럼 살고 싶다는 욕망에 사로잡히면 오늘이 불행해집니다. 젊을 때처럼 재빠르지도 않고 변화에 빨리 적응하지도 못하고 체력도 많이 떨어지고 피부 탄력도 전과 같지 않다고 느끼면 마음이 우울해져요.

또 한 분은 사는 낙이 없다면서 "예전처럼 좀 많이 웃고 싶은데 어떻게 해야 할까요?" 하고 물었습니다. 물론 웃으며 즐겁게 사는 건 좋지만 '예전처럼'이란 단서를 다는 게 바로 불행의 원인입니다.

항상 현재에 있어야지, 옛날에 잘나갔을 때나 좋았을 때를 생각하면 현재의 삶에 장애가 됩니다. 옛날에 행복했을 때, 옛날에 예뻤을 때, 옛날에 부자였을 때, 옛날에 지위가 높았을 때, 옛날에 부부관계가 좋았을 때와 같이 자꾸 옛날을 생각해서 예전으로 되돌아가려는 마음은 진취적인 것이 아니라 후퇴하는 겁니다. 부부도 '앞으로 아이를 어떻게 키우며 살 것인가'를 의논하지 않고 "당신, 결혼하기 전에 나한테 뭐라고 했어?" 이런 식으로 과거를 물고 늘어지면 갈등만 심해집니다. 계속 지나간 얘기 하며 서운해하고 다투면서 결혼을 잘못했다고 생각하면 스스로 불행에 빠집니다.

흔히 나이 들면 과거에 집착하고 젊음에 대한 욕망에 사로잡혀 괴로워하는데 과연 나이 들어가는 게 괴로운 걸까요? 아니에요. 나이가 좀 들어야 인생의 맛을 알잖아요. 젊을 때는 미숙했지만 나이 들어가면서는 이것저것 경험해 봐서 조금 완숙한 맛이 있습니다.

스님도 마찬가지예요. 인생을 논하는 법문을 할 때 새파랗게 젊은 스님이 법상에 올라서 얘기하는 게 좋을까요, 노승이 얘기할 때 좋을까요? 역시 법문은 노장이 해야 깊이가 있습니다. 저로 말하더라도 요즘 하는 얘기나 3, 40년 전에 했던 얘기나 내용은 같은데 30대에 했을 때는 별로 설득력이 없었어요. 그런데 육십 넘어서부터 이제 일흔이 되어서 하니까 조금씩 더 설득력이 더해집니다. 앞으로 더 나이 들어 얘기를 하면 아마 더 구수하게 들릴 거예요. 그러니까 인생의 멋은 육십이 넘어야 제대로 익는다고 할 수 있습니다. 술도 익어야 맛있고 된장도 숙성해야 맛이 나고 밥도 뜸이 푹 들어야 맛이 있듯이 인생도 늙어야 제멋이 나는 겁니다.

나이 들어가면서 내가 초라해지느냐, 아주 원숙해지느냐는 몸이 아니라 마음의 문제입니다. 늙음은 봄이 오고 여름이 오고 가을이 오는 것처럼 자연스러운 일인데 계속 봄이면 좋겠다고 생각할 때 여름으로 바뀌면 괴로워질 수밖에 없습니다. 계절의 변화가 우리를 괴롭히는 것이 아니라 봄에 집착하기 때문에 괴로움이 생기는 거예요. 젊음에 집착하기 때문에 늙음이 괴로움이 되는 겁니다.

나이 드는 것을 있는 그대로 받아들이면 젊었을 때 좋았던 것보다 더 좋은 것들을 찾을 수 있습니다. 무엇보다 이제 홀가분하게 살 수 있잖아요. 앞만 보고 달리느라 둘러보지 못했던 자연의 아름다움도 느낄 수 있고 자식 키우느라 하지 못했던 것들을 욕심내거나 서두르지 않고 해 볼 수도 있습니다.

물론 세상이 하루가 다르게 변하니까 그 속도를 따라가기 힘든 건 사실입니다. 요즘 스마트폰 기술이 갈수록 복잡하게 발전하는데 나이 든 사람들은 따라가기 어려워 스트레스를 많이 받습니다. 그런데 굳이 스트레스를 받아 가면서 배울 필요가 있을까요? 젊은 사람들도 스마트폰 중독이 심각해서 문제가 되고 있는데 꼭 젊은이들 따라 해야 할까요? 그런 것은 기본만 익히고 나머지는 젊은 사람에게 도움을 받으면 됩니다. 물론 세상의 변화에 나는 못 한다고 외면할 건 아니지만 변화에 못 따라간다고 너무 스트레스 받을 필요는 없다는 거예요.

나이 든다는 것은 옛날 것도 알고, 요즘 것도 알고, 미래에 대해서도 예측할 수 있다는 장점이 있습니다. 저는 깊은 시골에서 자랐기 때문에 도시 사람에 비해서는 한 100년, 200년 전 것까지 경험적으로 압니다. 예를 들면 대마를 재배해서 껍질을 벗겨 삼베옷 만드는 것도 보고, 목화를 키워 물레질해서 무명옷 만드는 것도 보고, 베틀로 베 짜는 것도 다 봤습니다.

또 요즘엔 세상 여기저기 돌아다니다 보니 최첨단의 것들도 봅니다. 인생 나이는 일흔 살이지만 경험 연령은 한 삼백 살 되거든요. 300여 년의 문화를 경험했으니까요. 젊은 사람 만났을 때 옛날 얘기를 해 주면 "어떻게 그렇게 옛날 걸 잘 아느냐" 하고, 또 나이 든 사람 만나서 요즘 얘기를 해 주면 "스님은 어떻게 요즘 세상일을 그리잘 아느냐"고 합니다.

나이 든다는 것은 불행이 아니라 오히려 행복과 축복일 수 있습니다. 가령 주부라면 이 시대에 태어났기 때문에 시어머니를 모시고 사는 생활도 해 보고, 또 시어머니가 된 나는 며느리와 따로 사는 경험도 할 수 있는 거예요. 두 가지 경험을 함께 하는 게 되지요. 그걸 '다양한 경험을 하고 산다'고 생각하면 좋은데 나도 시어머니로 대우받으려 들면 이 시대를 한탄하게 됩니다. 그러나 '예전처럼', '젊었을 때와 같이'를 고집하지 않고 변화를 긍정적으로 받아들이면 나이 들어서도 좋은 것들은 얼마든지 찾을 수가 있습니다.

일어난 일은
언제나 잘된 일이다

　햇볕이 쨍쨍했는데 갑자기 먹구름이 몰려오고, 빗방울이 한두 방울 떨어지나 했더니 폭우가 쏟아지기도 하고, 비바람 불고 천둥 번개 치다가 금방 개는 경우도 있고, 비가 올 듯 올 듯하면서 오지 않고 찌뿌둥한 날씨가 하루 종일 계속될 때도 있습니다.

　예측할 수 없는 날씨처럼 우리 인생에도 예기치 않은 사건들이 많이 생겨납니다. 결혼할 때 행복하게 살 것만 생각했는데 예기치 않게 이혼하는 일도 벌어집니다. 애를 낳아서 키울 때는 '내 아이는 착하고 공부 잘할 거야'라고 생각합니다. 그런데 키워 보니 공부를 못하는 건 말할 것도 없고 말썽 피우고 사고 쳐서 골머리를 앓기까지 합니다. 사업을 시작할 때는 돈을 많이 벌 거라고 생각합니다. 그런데 돈을 벌기는커녕 있는 돈마저 까먹고 심지어 가족과 일가친척까지 다 망하게 하는 경우도 있습니다. 직장도 평생 다닐 거라고 생각했는데 어느 날 갑자기 쫓겨나는 일도 생깁니다.

인생이 순탄하기를 바라고 힘든 일이 일어나지 않기를 빈다고 그 것이 내 뜻대로 이루어질까요? 아이가 공부 잘하기를 빌고, 남편이 일찍 들어오기를 빌고, 아내가 부드럽기를 빌고, 세상 사람들이 나를 칭찬해 주기를 빈다고 해서 우리 인생 문제가 풀릴까요?

우리는 늘 인생이 내 뜻대로 되기를 바라고 거기에 행복과 불행을 연결 짓습니다. 돈을 원할 때는 돈이 생기고, 사람을 만나고 싶으면 사람이 나타나고, 헤어지고 싶으면 사라지는 것을 자유와 행복이라고 생각합니다.

그러나 세상일이 다 내 마음대로 되는 게 아니잖아요. 어떤 건 됐다가 어떤 건 안 됐다 하니까 늘 행과 불행이 왔다 갔다 합니다. 그래서 인생을 '고락'이라고 해요. 괴로울 때도 있고 즐거울 때도 있어서 고락이고, 고락이 늘 되풀이되므로 윤회한다고 말합니다. 즐거웠다가 괴로웠다가, 좋았다가 나빴다가 한다는 겁니다.

우리의 행복과 불행, 즐거움과 괴로움은 '내 뜻대로 이루어진다, 안 이루어진다'를 기준으로 돌고 돕니다. 좋은 일이 생겨서 행복한 것은 나쁜 일이 생겨서 불행한 것과 늘 반반씩 되풀이됩니다. 그것은 진정한 행복이라고 할 수가 없습니다. 자기 뜻대로 돼서 기분이 좋은 것은 마약 주사를 맞은 것과 똑같아서 계속 맞아야 합니다.

지나온 삶에서 행불행이라고 생각했던 것들을 잘 살펴보세요. 지금 일어난 일이 나쁜 것 같고 저 일은 좋은 것 같은데, 지나고 보면 나쁜 일이었던 게 오히려 나에게 더 이득이 되는 경우가 있고, 좋은 일 같았던 게 더 손해가 나는 경우도 있습니다. 그것을 알고 나면 행복에 집착하고 불행에 괴로워하는 감정 기복이 좀 줄어듭니다. 전에는 좋은 일 갖고 행복해하고 나쁜 일 갖고 불행감에 빠져들었다면, 이제는 '지금은 나쁜 것 같지만 꼭 나쁘다고 볼 수 없을 거야', '이건 좋은 일 같지만 꼭 좋다고만 볼 수 없을 거야' 이걸 알아 갑니다. 그러면 외적인 조건에 크게 영향받아서 지나치게 기뻐하거나 지나치게 슬퍼하는 일이 줄어듭니다.

저는 예전에 고문을 당하기도 하고 감옥에 가서 몇 달 살기도 했습니다. 그때는 힘들었지만 그 경험이 법문거리든 수행 과제든 모든 면에 도움이 됩니다. 또 세상을 이해하는 데도 굉장히 도움이 되었습니다. 단적으로 제가 교도소에 가서 법문을 해도 감옥살이하기 전과 후의 대중을 대하는 태도가 다를 수밖에 없습니다. 감옥에 들어가 보기 전에는 "당신들이 나쁜 짓을 했지만 지금이라도 반성하면 좋은 사람이 될 수 있다" 이랬을 겁니다.

그런데 제가 그 안에 있으면서 수감자들의 마음 상태를 좀 알 수 있었습니다. 저는 집시법 위반이라는 죄목으로 들어갔기 때문에 양심수로 분류되었는데 취조 과정에서 말을 안 듣는다고 일반 재소자 12명이 있는 방에 보내겼습니다. 그 방 사람들은 도둑질이나 이런저런 위법행위를 저지르고 들어왔는데, 보통 잡범이라고 부르지요. 그런데 그들 모두 하는 말이 자기는 죄가 없다는 겁니다. 다 억울하다는 거예요. 그러니까 지금 제가 수감자들에게 법문을 한다면 첫마디를 이렇게 할 겁니다.

"여러분, 다 억울하시죠?"

그럼 그 사람들의 마음에 확 다가갈 수 있겠지요. 이것은 책을 보고는 얻을 수 없습니다. 직접 감옥에 가 보고 수감자들을 만나 보면서 얻은 것이기 때문이에요. 그때는 힘들었지만 결과적으로는 많은 것을 배울 수 있는 기회였던 겁니다. 그런 측면에서 우리가 인생을 살아가면서 안 좋다는 일도 꼭 안 좋다고만 볼 수는 없는 거예요.

살아가면서 이런저런 경험을 하니까 나이가 들면 원숙해진다고 합니다. 젊을 때는 한 사건이 일어나면 그게 전부인 줄 알고 울고불고 난리를 쳤는데 지나 놓고 보면 그것도 참 좋은 일이었거든요. 실연해서 세상이 무너지는 것처럼 힘들어했는데, 지나고 보니 그 일로 해서 사람 보는 안목이 생기고 연애 심리도 이해하게 됩니다.

자신에게 일어난 일은 긍정적으로 바라보는 것이 좋습니다. 이미 일어나 버렸는데 그걸 부정적으로 생각한다고 해서 바뀌는 건 아니잖아요. 그렇다고 '무조건 잘될 거다' 하는 낙관이 아니라 '일어나 버린 일은 항상 잘된 일이다' 이렇게 긍정적으로 보고 거기서부터 출발하면 어느 상황에서든 배울 수 있고 그 풍부한 경험을 토대로 지혜로운 조언도 해 줄 수 있게 됩니다.

인생의 우선순위를
다시 생각할 때

　지금까지 살아오는 동안 많은 고민을 했을 겁니다. 20대에는 선택의 기로에서 많이 방황했겠지요. 어떤 직장을 구할까, 결혼을 할까 말까, 한다면 누구와 할까 고민했을 거예요. 그러다가 연애를 했든, 부모가 권해서 했든, 막상 결혼을 하고 보니 현실은 생각과 많이 달랐을 겁니다. 배우자와 마음이 잘 맞는 것도 아니어서 결혼을 괜히 했나 후회할 때 자식이 덜컥 생겨 버렸을지도 모르지요.

　또 아이를 갖는 과정에서도 이런저런 고민을 했을 겁니다. 애가 안 생겨서 병원을 찾는다, 몇 명을 낳을 것인가, 갈등했을지도 모릅니다. 그렇게 자식을 낳아 갖은 고생을 하며 키웠는데, 애가 사춘기가 되니 말도 안 듣고 공부도 부모 뜻대로 안 합니다. '자식이 아니라 원수구나!' 하는 생각이 절로 듭니다.

　또 여성분이라면 시댁과 관계 문제도 있습니다. 낯선 집에 가서 부모 아닌 사람을 부모라 해야 하고, 형제 아닌 사람을 형제라 해야 하고, 갑자기 가족이 된 시댁 식구와 갈등하고 괴로워하며 살아갑니다.

이런저런 괴로움 속에 어느덧 나이가 40, 50, 60대에 접어듭니다. 이젠 또 애가 커서 어느 대학에 보내야 할지, 군대에 보내고 또 어느 직장에 취직을 시켜야 할지, 결혼을 어떻게 시켜야 할지, 이런 문제들이 또 기다리고 있습니다.

수없이 고민하고 괴로워하며 살아온 인생입니다. 그러면 그 숱한 경험 속에서 '이것을 깨달았다' 하고 내놓을 게 있습니까? 내가 젊어서 방황했던 시절처럼 이제 내 자식이 20대가 되고 30대가 됐는데 어떤 교훈을 들려줄 수 있을까요? 자신이 인생에서 시행착오를 하며 배운 것을 통해 '너는 이렇게 살아야 한다'라고 할 만한 것이 있어야 하잖아요.

"내가 결혼을 해 보니 그거 할 거 아니더라. 너는 결혼에 대해 신중하게 생각해라."

"자식이 어릴 때 부부간에 다투니까 자식에게 나쁜 영향을 주어서 나중에 힘들더라. 너는 결혼을 하거든 애는 낳지 말든지, 낳으려면 부부간에 무슨 일이 있어도 화목해야 한다."

이런 교훈이나 인생 경험을 이야기할 수 있어야 하잖아요. 그런데 지금 또 자신의 부모가 한 것과 똑같이 "빨리 시집가라", "빨리 장가가라", "돈 많은 사람이 최고다"라는 말만 되풀이하고 있지 않습니까? 결혼해서 이삼십 년 살았으면 거기서 얻은 교훈이 있어야 하는

인생의 문제를 근본적으로 해결하려면
욕심내어 중요하게 생각해 온 것들을 삶의 우선순위에서 뒤로 놓아야 합니다.

데 달라진 게 별로 없습니다. 그래서 앞으로 30년이 아니라 300년, 3000년이 지나도 똑같은 모습으로 돌고 도는 거예요. 그래서 윤회 전생 한다는 겁니다. 물론 경제가 좋아져서 밥을 좀 잘 먹든지, 옷을 좀 잘 입든지, 잠자리가 좀 낫든지 이런 차이는 있겠지만 사는 모습, 고민, 방황, 괴로움 이런 것들은 되풀이된다는 거예요.

내가 부모에게 물려받은 업이 안 좋다면 그 나쁜 업을 자식에게 물려주지 않도록 노력해야 합니다. "자랄 때 엄마가 오빠만 챙기고 나는 딸이라고 제대로 안 챙겨 줬다"고 불평해 놓고 자신도 아들만 챙기고, 시어머니가 시집살이시킨다고 힘들다면서 자신도 며느리에게 똑같이 하고, 그렇게 반복하며 삽니다. 아버지가 술주정하면 싫어해 놓고 자기도 그대로 닮아서 술주정하고, 성질이 급한 엄마 때문에 힘들어했으면서도 결혼해서 자신도 엄마와 똑같이 합니다.

인생을 좀 살았으면 그것을 통해 지혜가 생겨야 하는데 늘 괴롭고 서운한 것투성이예요. 자식과 후대에게 지혜로운 조언은커녕 내 문제, 내 외로움, 내 고민도 아직 해결하지 못해서 늘 괴로워하고 눈물 짓습니다. 또 그 괴로움을 자식에게 그대로 물려주어 고통을 대물림합니다.

요즘 주위에서 부모가 돌아가셨다고 문상 가는 일이 많을 겁니다. 조금 있으면 자신들이 죽었다고 또 자식들이 문상 오는 시기가 금방 됩니다. 그런데 세상 공부만으로는 내 인생을 돌아보고 내 문제를 해결하는 길을 찾기가 좀 어렵습니다.

인생의 문제를 근본적으로 해결하려면 먼저 지금까지 욕심내어 중요하게 생각해 온 것들을 삶의 우선순위에서 뒤로 놓아야 합니다. 자식에 대한 걱정, 미래에 대한 불안을 내려놓아야 시야가 열리면서 진정으로 행복해지는 길을 찾을 수 있습니다.

명상에서 과거의 기억을
물리치는 방법

　매일 아침 명상할 때 과거의 아픈 감정과 기억을 소환해 내어 다시 의미 부여를 하는 것이 과연 제대로 정진하고 있는 것인지 염려가 되어 물어본 질문자가 있었습니다.

　괴로움을 없애는 방법에는 두 가지가 있습니다. 첫 번째는 악몽을 꾸다가 깨어나면 '꿈이네!' 하고 눈을 뜨는 방법입니다. 그러면 즉시 자유로워집니다. 이런 이야기를 들어 보셨을 거예요. 누구도 풀기 어려운 매듭을 풀라고 했을 때, 알렉산더는 그 매듭을 칼로 팍 잘라 버렸다고 하잖아요. 흔히 사람들은 '잘라 버릴 바에야 누가 그걸 못해'라는 반응을 보이지만, 처음으로 그렇게 시도하는 것은 어렵습니다. 우리가 괴로움에서 벗어나는 방법도 마찬가지입니다.

　무슨 일이 일어났는지는 사실 별로 중요하지 않습니다. 예를 들어 밤에 강도한테 쫓기는 꿈을 꾸었든 호랑이에게 쫓기는 꿈을 꾸었든, 눈을 떠서 '꿈이네!' 하고 그것이 헛것임을 알아 버리면 괴로움의 종류와 관계없이 괴로움이 없어져 버리는 거예요. 이것이 '단도직입單刀直入', 바로 본질로 들어가는 길이라고 할 수 있습니다. 다른 말로는 '선禪'이라고 하죠. 강도에 쫓기는 꿈을 꿀 때 딱 눈을 떠서 '꿈이네!' 하고 잠을 깨는 즉시 탁 괴로움으로부터 자유로워지는 겁니다.

두 번째는 '왜 이런 꿈을 꾸었을까?' 하고 꿈을 분석하고 연구하는 겁니다. 분석 결과 자신이 어릴 때 이런저런 경험을 해서 생긴 트라우마로 인해 지금도 고통받고 있음을 알아내서 그것을 치료하는 겁니다. 요즘 정신과 치료가 대부분 이렇게 접근합니다. 명상하는 중에도 과거의 온갖 생각이 일어나면 그것에 대한 깊은 사유를 하는 겁니다. 예를 들면, '왜 나는 이런 사람을 보면 좋은 감정이 일어날까?', '왜 나는 저런 사람을 보면 나쁜 감정이 일어날까?' 이렇게 감정이 일어나는 원인을 찾아내어 정신분석학적으로 치유해 나가는 거예요. 이것은 복잡하게 얽힌 매듭을 아주 부드러운 손으로 세심하게 풀어내는 방법과 같다고 할 수 있습니다.

명상은 이 두 가지 방법 모두를 포함하고 있고, 어느 쪽으로 가든 본인의 선택이지만 적어도 수행자라면 단도직입의 길로 나아가는 게 좋습니다. 이미 지나간 일은 그것이 좋든 나쁘든 간에 의미 부여를 안 해 버리는 겁니다. 좋은 꿈을 꾸었든 나쁜 꿈을 꾸었든, 설령 꿈속에서 부처님을 보았다 해도 눈을 뜨면 모두 똑같은 꿈입니다. 그런데 꿈에서 깨어나지 못한 사람에게는 좋은 꿈이 있고 나쁜 꿈이

꿈에서 깨어나지 못한 사람에게만
좋은 꿈이 있고 나쁜 꿈이 있습니다.

있는 겁니다. 명상할 때도 마찬가지입니다. 좋은 생각이든 나쁜 생각이든 떠오르는 어떤 생각에도 의미를 부여할 필요가 없어요. 오직 들숨과 날숨을 알아차릴 뿐입니다.

복잡하게 얽힌 매듭을 칼로 끊어 버리는 방법이 무엇일까요? '감정 그 자체는 카르마에 의해 일어나는 꿈과 같은 반응이므로 의미 부여를 할 필요가 없다' 이렇게 직시하는 겁니다. 분석하지 말고 본질을 바로 꿰뚫고 넘어서라는 거지요. 옛날 생각이 떠올라서 눈물이 나면 '내가 지나가 버린 영상을 보고 울고 있구나. 지금에 깨어 있지 못하구나.' 이렇게 알아차리고 지금으로 돌아오는 연습을 자꾸 하는 거예요.

그럼에도 불구하고 과거의 영상이 늘 괴롭힌다면 내 안에 있는 슬픔을 솔직하게 드러내어 왜 이런 슬픔이 반복되는지를 깊이 연구하고 그 상처를 인정해야 합니다. '아! 내가 그때는 어려서 상처를 입었는데 지금 생각해 보니 상대의 의도와는 다르게 내가 오해를 해서 생긴 문제였구나' 이렇게 깊이 탐구하고 분석해서 상처를 치유해 가야 합니다. 그러지 않고 감정에 휩싸여 옛날 생각을 하며 울고 하소연하는 것을 반복하는 것은 수행과는 거리가 먼 감정 낭비에 불과합니다.

이것은 저녁마다 술을 마시고 아침마다 후회하는 것을 반복하는 것과 마찬가지입니다. 술을 마시는 것이 나에게 손해가 되는 바보

같은 짓임을 알았으면 다시는 그와 같은 실수를 하지 않겠다는 결단을 내리고 살아가는 것이 수행입니다. 그런데 대부분 사람들은 후회한다고 하면서 똑같은 실수를 계속 반복하는 범부 중생의 길을 가지요.

그러나 가장 좋은 방법은 첫 번째 말한 수행법으로 해 보는 거예요. 명상 중에 과거의 일로 눈물이 난다면 곧 내가 과거에 사로잡혔음을 알아차리고 얼른 호흡에 집중하거나 화두를 챙기거나 마음을 가다듬어 바로 '지금 여기'로 돌아오면 됩니다. 원인을 분석할 필요가 없습니다. 분석하려고 하면 머리만 아픕니다. 명상하면서 어떠한 생각이나 감정이 일어나도 그에 의미를 부여하지 않고 호흡으로 돌아오는 연습을 계속하면 점점 좋아질 거예요.

2장

생로병사로부터
자유로워지는 법

●

우리는 영원히 살 것처럼 하루를 허투루 보냅니다.
그러나 죽음의 순간은 언제 올지 알 수 없습니다.

내일 죽어도 후회 없는
인생 살기

어떤 분이 매우 고생한 끝에 성공했습니다. 그런데 그 성공의 기쁨을 제대로 누리기도 전에 그만 병이 났습니다. 병원에 가니까 암 말기라 1년밖에 못 산다는 겁니다. 주위 친구들이 "고생 많이 한 후 성공했는데 시한부 삶이라니 정말 안됐다"라며 병문안 와서 환자를 위로했습니다.

그런데 그중 한 분이 병문안 후 돌아가는 길에 교통사고로 그 자리에서 돌아가셨습니다. 그러니까 돌아가신 분의 입장에서 보면 자신은 하루밖에 못 사는데 친구가 1년밖에 못 산다고 안타까워하면서 위문한 셈입니다.

이처럼 우리는 한 치 앞을 모릅니다. 다른 사람의 죽음을 걱정하다 바로 자신이 죽음에 맞닥뜨릴 수도 있습니다. '사람은 죽는다'는 건 누구나 다 알지요. 하지만 무의식에서는 자신이 영원히 살 것 같습니다. 그러다 죽음이 눈앞에 닥쳤을 때 비로소 '우리 삶이 영원한

게 아니구나' 하는 것을 현실로 받아들입니다.

제가 처음 죽음이란 걸 생생하게 경험한 건 중학교 때였습니다. 같이 자취하던 후배가 자전거를 타고 가다가 넘어졌는데 작은 돌에 머리를 부딪혀서 갑자기 죽었어요. 굉장한 충격이었습니다. 멀쩡하던 아이가 아주 잠깐 사이에 시신이 되었으니까요.

또 제가 중고등학교 때 몸이 아주 약했습니다. 100미터 달리기만 해도 온몸에 파란 반점이 생기고 하늘이 노래져서 쓰러질 정도였어요. 거기다가 우리 스님이 어머니에게 제가 단명할 거라고 말씀하셨기 때문에 늘 그 말씀이 마음에 남아 있었습니다. 스님께서 몇 살까지라고 얘기는 안 했지만 '단명한다면 마흔 전후겠구나' 하고 혼자 생각했어요.

그런데 그게 두려움이라기보다는 굉장히 열심히 사는 계기가 됐습니다. '다른 사람은 칠팔십 사는데 나는 마흔 이내니까 남보다 두세 배 더 열심히 살아야겠다' 이렇게 생각했기 때문에 몇 번이나 과로로 쓰러져서 의식을 잃을 만큼 열심히 생활했습니다.

그런데 마흔 넘어 살게 되니까 살 만큼 살았다는 안도감이 들면서 그때부터는 조급함도 없어지고 편안해졌습니다. 살아 있으니까 열심히 일하지만, 갑자기 죽는다 해도 아쉬울 게 없는 거예요. 그래서 특별히 하려는 걸 못 해서 미련이 남는다든지 걱정하는 게 별로 없습니다. 죽음을 늘 염두에 두고 살았는데 그 시기를 넘기니까 삶을 좀 더 편하게 받아들이고 여유로워진 것 같습니다.

어떤 분이 1년밖에 못 산다는 시한부 삶의 판정을 받았을 때 흔히 본인이나 주위 사람들이 범하는 오류는, '1년밖에 못 살기 때문에 괴로운 것'이 아니라 '1년밖에 못 산다는 생각에 사로잡혀서 괴롭게 살다가 아까운 시간을 다 보내 버린다'는 것입니다.

그러므로 인생에서 하루를 산다, 이틀을 산다, 한 달을 산다, 1년을 산다는 게 중요한 게 아니에요. 만약 1년밖에 못 산다면 죽음에 사로잡혀서 괴로워할 게 아니라 하루하루를 남보다 열 배 더 행복하게 살면 됩니다. 그동안 남에게 신세 진 것도 갚고, 칭찬 못 했던 것도 좀 해 주고, 영원히 살 것처럼 움켜쥐었던 것도 베풀고, 이런 식으로 1년을 정말 기쁘게 산다면 그게 남은 인생을 잘 사는 겁니다.

우리는 영원히 살 것처럼 생각하기 때문에 오늘 하루를 허투루 보내지만 죽음의 순간은 언제 올지 알 수 없습니다. 그러니까 오늘을 마지막처럼 최선을 다해 살다 보면 내일 죽어도 후회 없는 인생을 살 수 있습니다.

지금부터 삶은
덤이다

　나이가 들면 몸의 기능이 약해지면서 체력이 떨어집니다. 그리고 여기저기 아픈 곳이 많이 나타나기 마련입니다. 그러다 보면 몸에 대해 지나치게 걱정하고 죽음에 대한 두려움도 갖게 됩니다.

　"몸이 안 좋아서 건강검진을 받았는데 결과가 걱정됩니다. 혹시 암이 아닌가 해서요."

　요즘 암으로 고통받는 분들이 많다 보니 몸이 좀 안 좋거나 하면 혹시 암이 아닐까 걱정하는 분들이 있습니다. 그런데 요즘 암 발병률이 왜 높아졌을까요? 그 이유 가운데 하나는 예전보다 오래 살기 때문에 사망 원인 가운데 암의 비율이 높아진 겁니다. 또 어지간한 병은 다 고치는데 암은 잘 못 고치니까 요즘에 와서 많이 생기는 듯 보이는 겁니다.

　암이 생기는 원인으로는 발암물질이 든 음식이나 물, 공기 등의 환경오염과 정신적인 스트레스 등 여러 가지가 있습니다. 평소에 마음을 편안히 해서 스트레스를 피하고 되도록 자연식을 해서 발병률을 낮추고, 설사 암에 걸렸다 해도 적절한 치료를 받으면서 관리하면 됩니다. 그런데 미리 암이면 어떻게 하나, 죽지 않을까, 이런저런 걱정을 하면 여기저기 더 아픈 것 같고 마음도 불안하고 초조해집니다.

이럴 때는 몸에 대해 집착하는 나를 돌아보는 게 좋습니다. '이 몸이 영원할 줄 알았더니 허물어질 수밖에 없는 거구나' 생각하면서 육신에 지나치게 집착하는 마음, 오래 살고 싶다는 생각을 내려놓는 것이 중요합니다. 설사 병에 걸렸더라도 '건강하게 오래 살고 싶다'는 집착을 내려놓아야 어떤 결과에도 고통받지 않을 수 있습니다.

한 부인이 남편이 췌장암 말기 판정을 받았다면서 고민을 털어놓았습니다.

"의사가 3개월에서 6개월 산다고 했는데 자연식을 해서인지, 병원에서 약물치료가 잘되어서인지 많이 좋아져서 6개월 넘게 살아 있어요. 그런데 사람들이 자연식으로 치료하는 게 좋겠다, 병원 말을 들어야 한다, 의견이 분분한데 어떻게 하는 게 좋을까요?"

정답은 없습니다. 어떤 사람은 의사의 말을 들어서 죽고, 어떤 사람은 의사 말을 듣지 않다가 죽었으니까요. 또 산에 가서 살다가 산 사람도 있고, 산에 가서 살다가 죽은 사람도 있습니다. 그러니까 하나를 단정적으로 말할 수 없어요. 고민이 될 때는 자연과 가까운 생활을 하면서 의사의 치료를 받는 방법도 있습니다.

그런데 한 가지 버려야 할 생각이 있습니다. 바로 완치를 시키겠다는 생각입니다. 지금 같은 상황에서는 '사는 데까지 한번 해 보겠다' 하고 마음을 가볍게 가지는 것이 좋습니다. 원래 의사가 3개월에서 6개월 산다고 했는데 벌써 6개월이 지났으니 일단 성공한 거잖아요. 그러니까 한 달을 더 살든 두 달을 더 살든 이렇게 생각해야 합니다.

'이제부터는 덤이다. 아, 지금 살아 있는 것만 해도 감사하다.' '한 달 살다 죽어도 좋고, 두 달 살다 죽어도 좋고, 열 달 살다 죽어도 좋다' 이렇게 기분 좋게 생각하고 가벼운 마음으로 살면 남편도 사는 동안 행복하게 살 수 있고 본인도 행복하게 살 수 있습니다.

그런데 남편을 살리겠다고 매달리다 남편이 죽으면 '온갖 애를 썼는데 남편이 죽었구나. 내가 치료 방법을 잘못해서 실패했다' 이렇게 생각해서 내 인생이 괴로워집니다. 산에 가서 사는 것도 남편이 좋아하면 가서 살면 됩니다. 다만 '산에 가야 산다'고 너무 매달리거나, 또는 '의사의 치료를 받아야 산다'는 것에 매달리면 그 결과에도 얽매이게 됩니다. 그러나 이미 의사가 말한 것보다 더 살았기 때문에 이제는 내일 죽어도 성공한 걸로 생각해야 마음이 편안합니다.

남편을 꼭 살리고 싶은 마음은 이해하지만, 인생은 꼭 살게만 되는 건 아니에요. 우리 모두 앞으로 언젠가는 죽습니다. 단지 10년 안이냐, 5년 안이냐, 3년 안이냐 이 차이일 뿐입니다. 그걸로 성공이 나 실패냐를 말하면 하루하루가 불안해집니다. 의사가 말했던 3개월 이상 살았으면 성공인 겁니다. 그다음부터는 '하루를 더 살아도 여한이 없다' 이렇게 마음을 먹으면 내일 죽어도 성공이고, 한 달 후에 죽어도 성공이고, 1년 후에 죽어도 성공이에요.

일단 생명의 한계를 극복했으니까 그다음은 보너스라 생각하고 하루를 살아도 기뻐해야 합니다. 그래서 기도도 '부처님 우리 남편 살려 주세요' 이렇게 하면 안 되고, '부처님 감사합니다. 지금 이대

로도 기쁩니다. 부처님의 은혜로 덤으로 삽니다' 하며 고마워하면서
자유롭게 살면 됩니다.

　인생이란 게 오래 살고 싶다고 오래 사는 것도 아니고, 오래 사는
게 중요한 것도 아닙니다. 하루를 살더라도 마음 편하게 살다 죽는
게 더 중요합니다. 그리고 오래 살겠다는 집착을 놓아 버리면 몸과
마음이 가벼워져서 오히려 더 오래 사는 결과를 낳을 수도 있습니다.

치매, 무의식의 세계에서
옛날 영상을 보는 것

나이가 들면 어린애가 된다는 말이 있습니다. 이것은 의식이 점점 희미해지고 무의식의 세계에 빠져들면서 일어나는 현상인데 바로 치매가 그런 경우입니다. 현재의 의식 작용이 가끔 멈추면서 무의식이 꿈처럼 떠올라 과거 속에 머뭅니다.

우리 아버님도 돌아가시기 전에 방에 누워서 "야야, 어서 물길 보러 가거라" 하시는 겁니다. 농사를 짓고 살았으니까 그때 생각을 하는 거예요. 겨울인데도 "아이고, 저 물이 넘친다, 빨리 물 막아라" 이러거든요. 바로 무의식의 세계에 들어가서 옛날 기억의 영상을 보고 있는 겁니다. 이게 바로 치매의 특징입니다.

그런데 이러한 특징을 모르면 치매로 부모님과 갈등을 겪을 수가 있습니다.

"시어머니가 여든여섯이신데 자꾸 옛날 것을 고집하고, 초등학교 동창을 찾아가려고 하고, 시어머니의 아버지 산소에 가려고 해서 힘이 듭니다."

이분의 시어머니는 어릴 때의 기억이 무의식으로 작용하면서 의식을 지배하고 있어서 어릴 때 친구 얘기, 아버지 얘기를 하는 겁니다. 어릴 때 기억은 오래갑니다. 그래서 동요 같은 것은 나이 들어도 잊어버리지 않고 잘 따라 부릅니다.

그리고 옛날 기억 중에서도 행복했던 기억보다 고생했던 기억, 상처 입은 기억이 더 오래 남아요. 제가 초등학교 친구들을 만나 얘기한 적이 있는데, 일흔 살이 넘은 여학생들이 초등학교 3, 4학년 시절 고무줄놀이할 때 남자애들이 칼로 고무줄을 끊었던 걸 아직 기억하고 있었습니다. 심지어 누가 어디서 끊었는지까지 기억하고 있었어요. 그런데 그걸 기억하는 남자애는 한 명도 없었습니다. 다 "내가 언제 끊었냐?"라는 겁니다. 저도 초등학교 때를 기억해 보면 1학년 때 숙제 안 해 갔다고 손바닥을 맞은 기억이 생생하거든요. 아마도 선생님에게 가서 물어보면 기억하지 못하실 겁니다.

시어머니가 어릴 때 이야기를 하는 것은 의식이 흐려져서 그런 거니까 그냥 '시어머니가 연세가 드셨구나, 어린 시절이 그리우신 거구나' 생각하면서 시어머니 이야기에 맞장구를 쳐 주면 돼요. 꿈을 꾸듯 하는 이야기를 두고 잘했니, 못했니, 고치라느니, 따질 일이 아닙니다. 상대는 무의식에 빠져 하는 이야기인데 괜히 거기에 시비를 일으킬 필요가 없다는 거예요.

치매기라는 것은 무의식의 세계로 들어가서 다섯 살, 일곱 살짜리가 되어 엄마를 그리워하고 아버지를 보고 싶어 하는 겁니다. 여덟 살짜리가 되어 친구를 만나고 싶어 하기도 합니다. 어릴 때 친구를 만나고 싶어 할 때는 "네, 친구가 보고 싶으세요?" 해야지, "죽은 친구가 뭐가 보고 싶어요?" 이렇게 따지면 안 됩니다. 그냥 "그러세요, 네" 하고는 차 타고 한 바퀴 돌다 들어온다든지 하면 됩니다. 그러고 나서 또 친구를 만나야 한다고 말씀하실 때는 일일이 따지지 말고 '눈은 뜨고 있지만 꿈속에 계시구나' 하고 이해하면 됩니다.

그렇다고 대꾸도 안 하고 가만히 내버려두면 섭섭해합니다. 시어머니가 옛날얘기를 할 때는 해결하는 답변이 필요한 게 아니에요. "친구가 보고 싶다" 그러면 "친구 찾아드릴까요?" 하지 말고 "네, 어머니. 친구가 보고 싶으세요?" 이렇게 이해하는 마음만 내면 됩니다. "산소에 가고 싶다"고 하면 "산소 모셔다 드릴까요?" 하지 말고 "네, 산소에 가고 싶으세요?" 이렇게 얘기하면 돼요. 다시 또 "산소에 가고 싶다"고 하면 "네, 내일이나 모레, 날이 맑으면 갑시다. 오늘 날씨가 흐려요" 또는 "늦었으니까 내일 아침에나 모레 갑시다" 이렇게 약간 뒤로 미뤄 놓으면 시어머니는 잊어버리고 아무 얘기가 없습니다.

시어머니가 다시 또 얘기하면 "산꼭대기인데 어떻게 가요?" 이렇게 따지지 말고, 이야기를 받아 주면 됩니다. 실제 모시고 갈 필요도 없어요. 그렇다고 반대도 하지 말고 "네, 그러세요, 아버지가 보고 싶

수행이란
어떤 조건이든 그것을 긍정적으로
받아들이는 겁니다.

으신가 보네요" 하거나 "어릴 때 아버님이 좋으셨어요?"라고 물어보면서 이야기를 나눌 수도 있습니다.

어떤 분은 친정어머니가 치매인데, 동생이 해외에 나간 뒤에 어디 갔느냐고 자꾸 물어서 어떻게 해야 좋을지 모르겠다고 상담을 해 왔습니다. 치매 환자는 잘 잊어버리는 게 특징입니다. 묻고 또 묻고는 잊어버리고 또 묻고 잊어버립니다. 그러니까 어머니가 "얘 어디 갔나?" 이러면 "학원 갔습니다"라고 대답하면 됩니다. 스무 번 물으면 그때마다 염불하듯이 대답하는 거예요. 관세음보살을 하루에 천 번 부르듯이 백 번을 대답하는 겁니다. 염불하듯이 하라는 것은 긍정적으로 보라는 겁니다. 그래도 염불보다는 적게 하잖아요. 묻지도 않는 염불도 천 번씩 부르니까 묻는 염불을 열 번 정도는 할 수도 있다고 생각하면 마음이 편해집니다.

그리고 설명을 길게 할 필요가 없습니다. 예를 들어 "애가 어디 갔나?" 하면 아주 단순하게 "방에 들어갔습니다" 하면 돼요. 이렇게 해도 어차피 어머니는 모릅니다. 그러니까 제일 짧게 만들어 염불을 외우면 됩니다. 어머니는 정신이 없어서 묻는 건데 쓸데없이 "관공서에 갔다, 어디에 갔다" 구구절절 설명할 필요가 없습니다. 구체적인 답이냐, 대답이 참이냐 거짓이냐가 중요한 게 아니라 묻는 말에 응대를 하는 것이 중요한 거예요. 이번에는 "방에 갔다" 하고 다음에는 "학교에 갔다" 하고 다음에는 "강남에 갔다"고 해도 어머니는 모릅니다. 그런다고 어머니가 하루 종일 그것만 묻지는 않잖아요. 본인도 힘드니까 묻다가 관두겠죠. 그러니까 어머니가 치매에 걸렸다는 것을 이해하고 치매의 특성을 이해하면 괴로워할 일이 없습니다.

누구나 나이 들어서 정신이 맑기를 바라고 치매에 안 걸리기를 바랍니다. 어떤 이는 "수행을 하면 치매에 안 걸리나요?"라고 묻기도 하는데, 수행한다고 치매에 안 걸린다는 근거는 없습니다. 치매는 유전적인 요인도 있고 신경을 과다하게 쓸 때 오기도 합니다. 마음이 편안한 사람보다는 마음이 불안하고 초조한 사람이 걸릴 확률이 더 높다고 할 수 있지만, 수행을 하면 반드시 치매에 안 걸린다고는 할 수 없습니다.

우리가 담배를 피운다고 반드시 암에 걸리는 것도 아니고, 담배를 안 피운다고 반드시 안 걸리는 것도 아닙니다. 단지 담배를 피우면 안 피우는 사람보다 암에 걸릴 확률이 높다고 말할 수 있는 것처럼 수행을 하면 마음을 편안하게 갖기 때문에 근심 걱정할 일이 적어서 치매에 걸릴 확률이 적다고 할 수 있습니다. 하지만 수행을 한다고 치매에 안 걸린다고 말할 수는 없습니다.

수행은 행복하기 위해서 하는 것이지 돈을 벌려고, 지위가 높아지려고, 건강하려고 하는 게 아닙니다. 물론 수행을 해서 어떤 경우에도 경계에 흔들리지 않고 마음이 평안하면 불안할 때보다 몸도 건강해질 수 있고 어떤 일이든 잘할 수는 있습니다. 골프를 치더라도 초조 불안한 사람보다 실력이 좀 더 나을 수 있고, 활을 쏴도 불안한 상태에서 쏘는 것보다 과녁에 좀 더 정확히 맞힐 수 있고, 가게를 운영하면 초조 불안한 사람보다는 손님을 더 잘 대하기 때문에 가게가 좀 더 잘될 수는 있습니다. 그러나 그런 것은 수행의 결과로 일부 생기는 일이지 그것이 수행의 목표는 아닙니다.

수행이란 어떤 조건이든 그것을 긍정적으로 받아들이는 겁니다. 몸이 건강해도 좋고 병이 나도 '몸뚱이가 있는 한 아플 수도 있지' 이렇게 생각하는 겁니다. 또 치매가 오면 치매가 오는 대로 괴로워하지 않고 받아들이면서 지혜롭게 대처하는 거예요.

사후 세계에 대한
두려움 떨치는 법

　우리는 왜 죽음을 두려워할까요? 죽고 나면 모든 것이 없어진다고 생각하니까 타인에 대해서도 아쉬움이 일어나고 자기에 대해서도 아쉬움이 지나쳐 두려움이 생기는 겁니다. 결국 내가 죽음을 두려워하니까 이 두려움을 극복하려고 내세에 대한 이야기가 나온 게 아니겠어요.

　내가 죽으면 끝이 아니고 더 계속된다든가 더 좋은 데 간다고 생각하면 죽음이 좀 덜 두렵잖아요. 내세가 있는가 없는가는 핵심이 아니라, 죽음에 대한 두려움에서 벗어나기 위한 것이라는 게 더 중요합니다. 돌아가신 분이 완전히 사라졌다고 하면 남은 사람들은 얼마나 허전하겠어요. 여기보다 더 좋은 곳에 계신다고 할 때 훨씬 더 마음이 편안하잖아요.

　그런 면에서 사후 세계 얘기는 그것이 실제냐 아니냐로 접근하기보다는 그것이 사람들에게 유익한가 유익하지 않은가 하는 측면에서 살펴보는 게 좋습니다. 그렇게 본다면 유익한 면이 있다고 할 수 있어요. 그래서 인류가 수천 년 동안 이생의 마지막 상황에서 일어나는 두려움을 극복하기 위해 내놓은 방법들을 그냥 받아들이는 게 좋다고 봅니다.

물론 그것을 지나치게 강조하면 많은 부작용이 따릅니다. 천국 가는 티켓을 판다든지 49재 비용이 지나치게 많이 든다든지 하는 것인데, 사람들의 두려움을 종교의 이름으로 이용하는 측면이 있다고 볼 수 있습니다.

수행 차원에서 굳이 얘기한다면 죽음에 대한 두려움조차 한낱 꿈이라고 할 수 있습니다. 죽음에 대한 두려움이 없어져서 죽음을 하나의 자연스러운 현상으로 받아들인다면 사후 세계가 있든지 없든지, 좋은 데 가든지 나쁜 데 가든지 의미가 없어집니다. 두려움이 사라져 버리면 두려움 때문에 일어나는 모든 현상은 꿈과 같은 거니까요. 꿈속에서는 좋은 꿈과 나쁜 꿈이 있지만 꿈에서 깨어나면 그것이 좋은 꿈이든 나쁜 꿈이든 '꿈이구나!' 하고 아는 것처럼, 두려움의 본질을 꿰뚫어 버리면 그 문제들은 허공의 구름처럼 흩어져 버립니다. 그럴 때 생사를 뛰어넘었다고 말하는데, 그건 죽지 않는다는 얘기가 아니라 '생과 사'라는 잘못된 인식에서 벗어났다는 겁니다.

불교에서도 사후 세계에 대해 많이 이야기합니다. 죽으면 극락에 간다, 다시 태어난다고 하는데 그건 증명할 수가 없습니다. 또 종교마다 달리 하는 이야기들도 모두 증명할 수 없기 때문에 각자 좋은 대로 생각하면 됩니다. 증명할 수 없는 걸 갖고 "이게 옳다, 저게 옳다" 밤새도록 얘기해도 결론이 안 납니다.

'아무리 나쁜 짓을 해도 저 성스러운 강가강에서 목욕하면 때가 씻기듯이 죄가 싹 씻겨 버려 하늘나라에 태어난다. 그러나 아무리 착한 일을 해도 강가강에 가서 성스러운 목욕을 안 하면 천국에 태어나지 못한다.' 이것은 부처님 당시 인도 사람들이 대부분 믿고 있던 이야기입니다. 그래서 강에 가서 성스러운 목욕을 하고, 살아서 못하면 죽은 후 시체라도 물에 한 번 적셔서 태웁니다. 그래야 하늘나라에 태어난다고 믿어서예요.

그런 말을 들은 한 사람이 부처님에게 가서 과연 브라만의 말이 맞느냐고 물었습니다. 그러자 부처님은 옳다 그르다 말하지 않고 빙긋이 웃으면서 이렇게 말씀하셨습니다.

"그들의 말이 맞는다면 강에 사는 물고기가 가장 먼저 하늘나라에 나겠구나."

성스럽다고 생각하는 물에 한 번 적셨다고 하늘나라에 갈 것 같으면 물에서 태어나 평생 산 물고기가 제일 먼저 하늘나라에 갈 거라는 말씀이에요. 바로 여기에서 깨우침을 얻을 수가 있습니다.

불교에서 윤회를 이야기하면서 '사람이 욕심이 많으면 죽어서 돼지가 된다, 미련하면 소가 된다, 독하면 독사가 된다'고 합니다. 그런데 정말 돼지가 욕심이 많아요? 돼지는 배고프면 꿀꿀거리며 음식을 먹지만 배부르면 더 이상 먹지 않습니다. 그때 다른 돼지가 남은 음식을 먹어도 못 먹게 하지도 않아요. 그런데 사람은 자기 배가 부른데도 옆에서 굶어 죽는 사람을 봐도 식량을 쌓아 놓고 안 줍니다. 사람이 돼지보다 더 욕심이 많아요. 사자가 사납다고 하지만 배부르면 눈앞에서 토끼가 왔다 갔다 해도 잡아먹지 않습니다.

'욕심이 많으면 다음 생에 돼지가 된다'라고 한 것은 돼지가 꿀꿀거리며 먹는 걸 보고 '아, 저건 욕심이 많다'라는 상을 지어 만든 겁니다. 실제로 사람이 죽어서 돼지가 되는지 안 되는지를 결정하는 아무 근거가 없습니다. 또 이런 윤회관을 갖고 있는 건 힌두교지 불교가 아니에요. 그런데도 한국 불교인들의 90퍼센트는 힌두교적 신앙을 가지고 불교라고 합니다. 이것은 잘못된 믿음에서 비롯한 거예요.

한 할머니가 걱정이 있다며 저에게 말했습니다.

"제가 기도를 하는데, 소원 성취가 안 될 것 같아요."

"무슨 기도를 하시는데요?"

"우리 손녀딸이 고3이라 입시 기도를 하거든요. 관세음보살을 열심히 부르고 있습니다."

"그런데 뭐가 문제인가요?"

"우리 손녀딸이 교회에 다니거든요."

할머니는 열심히 관세음보살을 부르는데 손녀딸이 교회에 다니니까 아무리 생각해 봐도 기도가 안 이뤄질 것 같다는 거예요. 그래서 제가 이렇게 말했습니다.

"걱정하지 마세요. 관세음보살이 보살님 같을까 봐요?"

대자대비하신 관세음보살이 고3짜리 아이가 교회에 다니는지 절에 다니는지 그런 거 따질까요? 따지면 관세음보살이겠어요? 우리는 신앙을 갖고 있으면서도 늘 자기 수준으로 믿고 자기 수준으로 하느님이나 부처님을 끌어내립니다.

그러니까 사후 세계가 있는지 없는지 걱정할 게 없습니다. 지금 바르게 살면 극락이 있으면 갈 거고 지옥이 있어도 안 갈 테니까 걱정할 게 없어요. 문제는 지금 어떻게 사느냐에 달렸습니다. 오늘 내가 잘 살면 내일도 좋아집니다. 오늘 못 살면서 내일 좋기를 바라는 것은 허황된 욕심이에요. 못된 짓 실컷 했으면 지옥 가서 벌 받는 게 마땅한데, 죄짓고 벌 받아야 할 사람이 "나는 벌 안 받을래요, 극락 보내 주세요" 하는 것은 심보가 고약한 겁니다. 극락 갈 일은 하나도 하지 않고 극락에 가겠다 하고, 지옥 갈 일을 잔뜩 해 놓고 지옥에 안 가겠다는 건 썩은 씨앗을 뿌려 놓고 좋은 열매를 거두겠다는 것과 같습니다.

진짜 기독교 신자라면 내가 사느냐 죽느냐를 갖고 너무 걱정할 필요가 없습니다. 천당 보내고 지옥 보내는 것도 그분께서 다 알아서 하시니까 나는 그분의 명령을 따라야지, 거역할 수 없잖아요. 그러니까 믿음이 있는 사람이라면 죽고 사는 걸 너무 걱정할 필요가 없는 겁니다. 또 마음 짓는 대로 업이 생기고 그 지은 업에 따라 과보를 받는 줄 아는 불자라면, 내일 어떻게 될 것인지 걱정할 것 없이 오늘 마음을 바르게 닦으면 됩니다. 그러면 내일이 좋아질 거니까 걱정할 일이 없는 겁니다.

삶과 죽음은
하나의 변화일 뿐

'오래 살고 싶다'는 욕망에는 인연 맺은 사람들과 헤어지고 싶지 않다는 집착이 존재합니다. '개똥밭에 굴러도 이승이 좋다'고, 이래 저래 괴로워하면서도 애착이 있는 이곳을 떠나기 싫은 거예요. 그래서 자식이 결혼할 때까지 살면 좋겠다, 손주 볼 때까지 살면 좋겠다, 손주가 대학 갈 때까지 살면 좋겠다, 손주가 결혼할 때까지 살면 좋겠다, 이렇게 이별을 자꾸 뒤로 미룹니다.

아무리 죽음에 대한 생각을 피하려 해도 가까운 사람이 죽어 가는 모습을 볼 때면 인생의 허무함과 죽음에 대한 두려움을 다시금 느끼게 됩니다. 피골이 상접하여 물도 못 넘기는 가족을 보면서 "이 육체와 함께 정신도 사라지는 것인지, 다 사라진다면 지금 이생에서 굳이 이렇게 애쓰며 살아갈 필요가 있는지 모르겠다"라고 말하는 분이 있었습니다.

죽어 가는 과정에서 몸이 조금씩 말라 가는 것은 자연스러운 것이지 나쁜 게 아닙니다. 죽은 뒤에 관 들기도 수월하고 화장할 때 에너지도 적게 들어요. 자기가 가진 에너지를 소진하고 꺼져 가는 등불처럼 조용히 사라지는 게 좋고, 숨이 넘어갈 때까지 정신이 맑으면 더 좋습니다.

반야심경에 '불생불멸不生不滅'이라는 말이 있습니다. 영원히 변하지 않고 영원히 지속된다는 의미가 아니고, '생하고 멸한다고 하지만 사실은 생하는 것도 아니고 멸하는 것도 아니다'라는 뜻입니다. 바다에 가면 파도를 볼 수 있습니다. 파도가 일어나고 사라지고 또 일어나고 사라지지요. 그런데 바다 전체를 보면 파도가 일어나고 사라지는 것이 아니라 다만 물이 출렁거릴 뿐입니다. 바다 전체를 보듯이 인생을 관조하면 삶도 없고 죽음도 없습니다. 그러나 파도 하나하나를 보면 분명히 파도가 생기고 사라지듯이 인생도 언뜻 보면 생하고 멸한다고 볼 수 있습니다. 이것은 실재가 아닌 인식의 문제일 뿐입니다.

그릇에 얼음 구슬을 담아 놓았는데, 네다섯 살짜리 아이가 바깥에 가서 한두 시간 놀다 들어와 보니 얼음 구슬이 없어지고 물만 담겨 있습니다. 아이가 그걸 보고 뭐라고 할까요? "엄마, 내 구슬이 없어졌어. 그리고 물이 생겼어"라고 하겠죠. 이때 엄마는 그 과정을 아니까 얼음 구슬이 없어진 것이 아니고, 물이 생긴 것도 아니고, 다만 얼음이 물로 변한 거라고 말해 줄 수 있습니다.

우리는 어린아이처럼 생멸의 관점을 갖고 세상을 보기 때문에 생겼다고 기뻐하고 사라졌다고 슬퍼합니다. 그러나 그 과정을 전체로 보면 변화일 뿐이라는 걸 알 수 있습니다. 그래서 '불생불멸'이라고 합니다. 생겨나는 것도, 사라지는 것도 아닌 변화일 뿐이라는 거예요.

숨이 끊어져 몸이 흩어지는 것이나 하루하루 세포가 바뀌는 것이나 다 똑같은 변화입니다. 지금 세포가 바뀌는 것은 소나무 잎이 새로 생기면서 그전의 잎이 떨어지기 때문에 늘 푸르다고 느끼는 것과 같아요. 또 몸이 급속도로 해체되는 것은 가을에 낙엽이 떨어지면서 나무가 죽어 버린 것처럼 느끼는 것과 같습니다. 실재하는 건 변화뿐인데 보이면 살았다고 하고, 안 보이면 죽었다고 하고, 안 보이다 보이면 태어났다고 하는 겁니다.

우리의 마음도 한 생각 불쑥 일어났다가 갑자기 흩어지고 사라져 버립니다. '우리 죽을 때까지 사랑하자'고 약속해도 시간이 지나면 그 마음은 사라집니다. 그런데 마음이 변하지 않는다고 생각하거나 변하지 않기를 바라는 것은 헛된 생각을 고집하는 겁니다. 변하기 때문에 괴로움이 생기는 것이 아니라 변하지 않기를 바라는 마음 때문에 괴로움이 생기는 거예요.

변하는 것이 당연하다는 것을 알고 있으면 변하는 것을 봤을 때 괴로움이 생기지 않습니다. 마치 바다에서 파도가 일어나고 사라지

실재하는 것은 변화뿐인데
보이면 살았다고 하고 안 보이면 죽었다고 하고
안 보이다 보이면 태어났다고 하는 겁니다.

는 것처럼 이 세상에서 생성되어 존재하는 모든 것은 반드시 소멸한 다는 걸 깨쳐서 집착을 놓아 버리면, 생겨난다고 기뻐할 일도 없고 사라진다고 괴로워할 일도 없어집니다. 그것을 직시하면 두려움도 아쉬움노 없을 텐데 부분적으로 인식하니까 없어졌다고 생각해서 아쉬움이 생기고, 없어질까 봐 두려움이 생기는 겁니다. 그러나 늙음도 죽음도 단지 변화일 뿐임을 알고 나면 더 이상 두려워하지 않게 됩니다.

자살, 못마땅한 나를 살해하는 것

한국 사람은 하루에 35명꼴로 자살한다는 통계가 있습니다. 특히 한창 도전하고 꿈꾸어야 할 10대 청소년, 20대 청년의 자살이 늘어 간다는 것은 우리 사회에 큰 충격을 주고 있습니다. 제가 절에서만 즉문즉설을 하다가 대학에서 학생들을 상대로 하거나 구청 강당에서 일반인을 대상으로 하게 된 것도 자살에 따른 충격으로 가족이 고통받는 것을 보면서 문제의 심각성을 절감해서였습니다.

대체 왜 스스로 삶을 포기하는 걸까요? 개인적인 원인은 바로 '자신에 대한 인식의 오류'에서 비롯합니다. 우리에게는 다음과 같은 상이 있습니다.

'나는 이런 사람이야.'

'나는 이런 사람이 돼야 해.'

'나는 이런 사람이 되고 싶어.'

남이 나를 뭐라 하든 관계없이 '내가 이런 사람'이라는 정해진 상이 있습니다. 이를 자아, 자아상, 자아의식이라고 합니다. 우리는 '나는 이런 사람'이라는 상상의 자기를 만들고, 그 상상의 내가 진짜 나인 줄 착각합니다.

문제는 이것이 대부분 높게 설정돼 있다는 것입니다. 요즘은 집에서 자식을 하나나 둘 낳아 오냐오냐하며 키우다 보니 자식들이 일종의 공주병, 왕자병 같은 게 있어서 자기에 대해 너무 높은 상을 그리고 있습니다. 그런데 막상 현실과 부닥쳐 보면 생각과 달리 자기가 너무 초라해 보이는 겁니다.

자기가 그린 '자아상'과 밥 먹고 성질내고 화내고 슬퍼하는 '현실의 나' 사이에 간격이 너무 벌어지면 자아가 현실의 나를 못마땅해 합니다. 처음에는 자기를 별 볼 일 없다고 생각하다가, 그것이 심해지면 자기를 세상 사람들에게 보여 주기 부끄러워서 밖으로 나가지 않고 방 안에만 있습니다. 그것이 극에 이르면 '나같이 쓸모없는 건 없어져야 해'라는 심리로 발전하고 결국에는 자신을 죽여 버립니다. 자아의식이 현실의 자기를 죽여 버리는 게 자살입니다.

또한 우리는 상대에 대해서도 상을 그립니다. 가령 '내 애인은 이런 사람이어야 해'라는 상이 있습니다. 그런데 현실의 애인이 이 기준에 못 미치면 불만스러워지고 보기 싫어집니다. 그럼 헤어지면 되는데 상대가 헤어지지 않으려고 하면 극단적인 선택을 합니다. 그것이 바로 살인입니다. 자살이나 살인이나 다 자기가 그리고 있는 상에 근본을 두고 현실을 부정하는 겁니다.

살인과 자살은 같은 과정을 거쳐서 일어납니다. 상대(나)를 있는 그대로 보지 않고, 자기의 어떤 생각에 기준을 두고 "너(나)는 이래야 하는데 이렇지 못하다. 넌(난) 나쁜 놈이다. 너(나) 같은 놈은 없어도 돼" 하는 겁니다. 그러니까 상대를 내치는 방법으로 먼저 "꼴도 보기 싫어" 하다가 "가. 내 눈앞에 나타나지 마" 합니다. 그것이 마음대로 안 되면 상대(나)가 영원히 나타나지 않게 살인(자살)을 합니다.

자살은 살인과 동일한 범죄행위라고 할 수 있습니다. 다만 남에게 피해를 주지 않기 때문에 처벌할 수 없을 뿐입니다. 더 나아가 불특정 다수에 대해서 "나만 죽기 억울하니까 너도 죽이고 나도 죽겠다"라는 쪽으로 가기도 합니다. 이른바 '묻지마살인'이 되는 겁니다.

자살의 문제를 근본적으로 해결하려면 자아상에 대한 집착을 버려야 합니다. 자아의식에 맞게 현실의 자기를 끌어올리는 것이 아니라, 이 자아의식이 허위라는 것을 알아차리고 이걸 버림으로써 현실의 자기를 그대로 받아들일 때 오히려 문제가 해결됩니다.

그러니까 말이 서툴면 서툰 게 자기이고, 눈이 안 보이면 눈이 안 보이는 게 자기이고, 공부를 못하면 공부를 못하는 게 자기입니다. 이게 현실이에요. 이 현실은 그냥 있는 그대로 다 소중한 겁니다. 돌멩이가 꼭 큰 게 좋고 작은 게 나쁜 게 아니듯이, 현실의 자기를 있는 그대로 받아들이는 게 자기 사랑이라고 할 수 있습니다.

자아의식이 허위라는 것을 알아차리고 이걸 버림으로써
현실의 자기를 있는 그대로 받아들일 수 있습니다.

자신을 있는 그대로 받아들인 그 바탕에서 말을 좀 잘하고 싶으면 말하는 연습을 하고, 걸음걸이가 불편하면 걷기 연습을 해서 보완해 나가는 겁니다. 현재의 나로부터 출발하면 조금만 향상이 되어도 성과가 나니까 자긍심이 생깁니다. 그런데 상상의 나를 기준으로 삼으면, 현실의 자기가 어느 정도 올라와도 늘 그 기준에 못 미치기 때문에 항상 불만스러울 수밖에 없고 결국 좌절하고 절망하게 됩니다.

지금 중고등학생이나 대학생들의 심리적인 억압 상태는 어른들이 상상하는 것 이상으로 심각합니다. 주위로부터 너무 많은 것을 요구받고 그 요구에 자기를 맞추려다 보니까, 또는 자기를 너무 높이 상정하고 거기에 맞추려다 보니까, 이게 안 될 때 좌절하고 절망해서 자신을 포기해 버리기 쉬운 상태인 거예요. 그런 면에서 부모나 선생님이 아이들에게 너무 "노력해라, 노력해라" 하는 게 꼭 옳은 건 아닙니다.

"아, 괜찮아. 지금도 괜찮아. 그 정도면 좋아."

이렇듯 가볍게 얘기하면서 어른들이 청소년, 청년들의 무거운 짐을 덜어 주고 좀 가벼운 마음으로 살아갈 수 있도록 도와줘야 합니다.

'죽고 싶다'는 말은
'살고 싶다'는 신호

자살의 개인적인 원인이 자아상에서 비롯한다면, 사회적 원인은 가정과 사회가 불안 심리의 씨앗을 심고 물을 주는 역할을 하기 때문이라고 할 수 있습니다. 그래서 자살을 막는 해법도 그 안에서 찾을 수 있습니다.

가정에서는 부모의 정서 불안이 아이의 심리 불안에 큰 영향을 미칩니다. 부모가 심리적으로 불안하면 아이도 심리적인 불안정성이 선천적으로 생기다시피 합니다. 그러면 어려움이 닥쳤을 때 견디지 못하고 자기를 버리는 행위를 하기가 쉽습니다.

아이의 정서적인 안정을 위해서는 첫째, 엄마의 마음이 편안해야 합니다. 그러려면 남편이 아내의 마음을 편하게 해 줘야 하고, 사회는 아기를 잘 키울 수 있는 안정된 환경을 엄마에게 마련해 줘야 합니다. 무엇보다 엄마는 '아이에게 나는 신과 같이 절대적인 존재다'라는 것을 늘 자각하고 아이를 위해서는 무엇이든 헌신할 자세가 되어야 합니다. 그러면 아이의 정신적인 씨앗이 튼튼해서 세상의 어려움 속에서도 건강하게 성장할 수 있습니다.

두 번째, 어릴 때부터 "공부, 공부" 하면서 아이를 지나치게 억압하면 정신질환이 발병하기 쉽습니다. 설령 발병 인자를 갖고 있다 해도 주위 환경이 편안하면 병이 나타나지 않습니다. 그런데 요즘은 공부, 성적 등으로 아이들을 너무 억압하니까 사춘기나 입시에 임박해서 정신질환이 발병하는 경우가 많아요. 주위에서 공부에 대한 지나친 기대를 거두면 발병할 확률이 크게 줄어듭니다.

학교에서도 아이들을 주의 깊게 살피고 돌보는 시스템을 갖춰야 합니다. 초·중·고등학교에서 정신적인 어려움을 상담해 주고 치료해 주는 상담교사나 전문 상담가들의 적극적인 상담과 함께 심한 경우에는 치료도 할 수 있도록 해야 합니다.

세 번째, 세태와 정신질환 사이의 연관성을 이해하고 받아들여야 합니다. 지금은 승자가 되려고 목숨 걸고 경쟁하는 시대입니다. 옛날같이 서로 돕는 공동체 정신은 없어지고 자기만 생각하는 이기주의가 심해서 심리적 약자들은 치열한 경쟁 구도를 이기지 못해 좌절하고 극단적인 선택을 하기 쉽습니다.

자살 충동은 곧 정신질환, 병이라는 것을 이해할 필요가 있습니다. 보통 육체 질환만 병으로 생각하고 정신질환은 병으로 여기지 않는 데서 문제가 커집니다. 그 사람의 심리 상태는 굉장히 불안하고 힘든데, 겉보기에 육체가 멀쩡하니까 주위 사람들이 문제로 인식하지 못하는 거예요. 그래서 "너만 정신 차리면 되잖아. 육신이 멀쩡한 게 왜 그러니?"라고 비난하기 쉽습니다.

누가 텔레비전에서 슬픈 장면을 보고 거기에 몰입해서 눈물을 흘릴 때, 그 화면을 보지 않는 제3자는 '쟤 갑자기 왜 울어, 미쳤나?' 생각합니다. 다른 사람이 볼 때는 아무 일도 없는데 자살 충동을 느끼는 사람의 내면은 그 영상의 상황과 똑같은 심리 상태입니다. 그러니까 밖에서 보는 사람과 다른 세계에 살고 있는 거예요. 어떤 사람이 꿈속에서 강도에게 쫓겨 "사람 살려!"라고 고함을 치면, 깨어 있는 사람이 볼 때는 잠꼬대지만 본인은 꿈속에서 열심히 도망치고 있는 것과 같습니다.

물론 "죽어 버리겠다!" 한다고 그 사람이 금방 죽는 건 아니에요. 그 상황의 심리 상태가 그렇다는 얘기지 상황이 바뀌면 심리가 바뀝니다. 그런데 다른 사람들은 문제의 심각성을 못 느끼고 "죽는다, 죽는다 하더니 안 죽네"라고 쉽게 말해 버립니다. 그래서 "죽겠다"라고 하면, "그래, 죽어라" 이렇게 말하기가 쉽습니다. 그러다 진짜 죽어 버리면 부모나 형제는 자기가 죽였다고 큰 죄의식을 갖게 됩니다.

옆 사람에게 "죽겠다"라고 말하는 것은 죽을 것 같은 상황에 빠져들 때 '살고 싶다'는 신호를 보내는 거예요. 그럴 때는 외면하거나 "그럼 죽어라" 하지 말고 살펴 줘야 합니다. 실제로 죽는 건 아니라 해도 죽고 싶은 심리 상태이기 때문에 이 감정에서 벗어날 수 있도록 달래고 격려해 주어야 합니다.

이때 제일 좋은 것은 화제를 바꿔 주는 겁니다. "너 왜 자꾸 죽는다고 그러니? 힘내" 이런 말은 도움이 안 됩니다. 자살 충동에 빠져드는 것은 수렁에 빠져드는 것 같기 때문에 힘내라고 격려하는 것도 도움이 되지 않아요. 그때는 화제를 바꿔서 "지난번에 우리 둘이 영화 봤을 때 있잖아. 그 장면 생각나?" 이런 식으로 아예 이야기의 방향을 돌리면 수렁에 빠지던 심리가 흔적 없이 사라져 버립니다.

우울에 사로잡힐 때 누가 전화를 하거나 방문을 열고 들어오면 사로잡혔던 생각이 탁 풀리면서 멀쩡해져요. 그러나 혼자 놔두면 또 골똘히 자기 생각에 빠져서 죽으려고 합니다. 그럴 때 화제를 다른 방향으로 5분, 10분 끌고 가 버리면 거기서 벗어날 수 있습니다. 가볍게 "밥 사 줄 테니까 나오라"든지 해서 기분을 바꿔 주고 환경을 바꾸면 자살 충동에서 벗어날 수 있습니다.

누군가 "죽고 싶다"라는 말을 자주 한다면 나약해서 습관적으로 하는 말이라고 생각하기 쉽습니다. 그래서 '죽는다는 말이 입에 뱄구나, 아주 버릇이 됐어'라거나 '또 뭐 사 달라는 소린가?' 하는 식으로 생각해서 도와줄 수 있는 기회를 놓치게 됩니다.

자살하려고 했던 사람들의 얘기를 들어 보면 사소한 계기에 마음이 바뀐다는 걸 알 수 있습니다. 어떤 사람이 약 먹고 죽으려고 산에 갔는데 사람이 지나가서 기회를 놓쳐서 더 조용한 데로 들어갔다고 합니다. 그런데 그곳에도 약초 캐는 사람이 있어서 이리저리 뱅뱅 돌다가 생각이 바뀌어서 그냥 내려왔다는 겁니다. 또, 자살하려고 산에 갔는데 맹수가 나타나자 자기도 모르게 "사람 살려!" 하고 도망을 갔다고 합니다. 이때 "사람 살려!" 하고 도망간 건 생존의 본능 때문이고 그 순간에는 자기도 모르게 자살 심리가 싹 없어졌던 겁니다. 이걸 모르는 사람들이 보면 "너, 죽는다더니 왜 도망가?" 할지도 모르지만, 이처럼 주위에서 지속적으로 관심을 기울여 주고 분위기를 바꿔 주면 극단적인 상황을 피할 수 있습니다.

본인이 자살하고 싶은 충동을 느낀다면 먼저 병원에 가서 상담을 해야 합니다. 이 병은 특히 환절기에 많이 나타나니까 이 시기에 더욱 주의하고, 불안하거나 충동이 일어나면 빨리 약을 먹어야 합니다. 또 방에 혼자 있으면 자살 충동에 빠져드니까 되도록 혼자 있지 말고 몸을 움직이는 게 좋습니다. 걷는다든지 조깅을 한다든지 목욕탕에 간다든지 해서 기분 전환을 하면 도움이 됩니다.

적극적으로 치료를 받으면 나을 수 있는 병이지만, 제때 치료를 안 해서 만성화되면 자살 충동의 고비를 넘겨도 또다시 나타나서 결국은 자기 목숨을 끊는 쪽으로 갑니다. 그래서 무엇보다 조기에 발견하고 치료하는 것이 중요합니다.

이래도 좋고
저래도 좋은 인생

"오래 살게 되면 나이가 들어서 병치레나 하게 되어 가족에게 피해를 줄까 봐 걱정됩니다. 불교의 사성제에 비추어 볼 때 여생을 어떻게 사는 게 좋은지 스님의 조언을 듣고 싶습니다."

걱정이란 앞으로 일어날 수도 있는 일에 대한 염려인 거고, 일어날 수도 있는 일이라는 것은 안 일어날 수도 있다는 거겠지요. 그래서 안 일어날 수도 있는 일을 미리 걱정할 필요는 없습니다. '지금 여기'에 깨어 있으면 됩니다.

백 살까지 살고 싶어도 못 사는 사람이 있고, 지금 죽고 싶어도 죽지 못하고 백 살까지 사는 사람도 있어요. 오래 살거나 일찍 죽는 건 내가 결정할 수가 없습니다. 오래 사는 것이 좋은 것도 아니고, 일찍 죽는 것이 나쁜 것도 아니고요. 사는 데까지 사는 겁니다.

수행자는 그저 주어지는 대로 하면 됩니다. 내일이든 모레든 죽을 일이 생기면 안 죽겠다고 발버둥 치지 마세요. '그래 살 만큼 살았다' 이렇게 받아들이고 죽으면 돼요. 만약 백 살까지 살게 되면 그냥 살면 됩니다. 몸져눕게 되면 누워 있으면 되고요.

누군가 갑자기 죽을 때 더 슬플까요, 아니면 병원에서 일 년 누워 있다가 죽을 때 더 슬플까요? 아무렴, 갑자기 죽으면 더 슬프겠지요. 갑자기 죽으면 망자는 좋지만 남은 형제나 자식들은 엄청나게 슬픕니다. 형제나 자식을 생각한다면 좀 아프다가 죽어야 해요. 그렇게 죽으면 사람들이 별로 안 울어요. 병치레하면서 가족들이 차차 정을 뗄 수 있기 때문입니다. 따라서 오래 아프다가 죽으면 자식들한테 짐이 되는 게 아니라 오히려 자식들의 슬픔을 줄여 주는 좋은 일이기도 합니다.

아프다가 자식들한테 발견되면 병원 가서 치료받으면 되고, 안 아프면 혼자 살면 되고, 병원에 누워 있어야 하면 누워 있으면 되고, 병원비를 내야 하면 내가 가진 재산을 팔아서 내면 되고, 가진 돈이 없으면 자식들이 낼 것입니다. 자식도 병원비를 낼 처지가 안 되면 달리 방법이 없을까요? 아닙니다. 아무것도 가진 것이 없으면 정부에서 병원비를 내주기 때문에 걱정할 필요가 없어요.

어떻게 되어도 좋은 것이 수행입니다. 이러면 좋고 저러면 나쁘면 수행이 아니에요. 수행자는 지옥에 가도 좋고 천당에 가도 좋다고 생각해야 합니다. 왜 그럴까요? 천당에 가면 놀기 좋습니다. 지옥에 가면 일할 게 많아요. 지옥에 있는 중생은 괴로우니까 '나 도와주세요'라고 아우성을 치겠죠? 그러니 도와줄 일거리가 많잖아요. 지옥에 가면 복을 많이 지을 수 있어서 좋고 천당에 가면 복을 받을 수 있어서 좋아요.

이렇게 되면 어떻고, 저렇게 되면 어때요? 자꾸 한 가지를 선호하니까 인생이 피곤한 거예요. 나이 들어 병이 든다는 것에 걱정하지 말고, 이렇게 되면 이렇게 살고 저렇게 되면 저렇게 살면 됩니다. 건강하면 남을 도우며 살고 아프면 남의 도움을 받으며 살면 돼요.

도움을 주기만 하고 안 받겠다고 생각하거나, 도움을 받기만 하고 안 주겠다고 생각하는 건 잘못된 생각입니다. 본인의 힘이 있을 때 조금이라도 남을 많이 도우세요. 그게 복을 짓는 행위입니다. 그래야 내가 어려울 때 도움을 받을 수 있어요. 앉아서 걱정만 하지 말고, 아무리 나이가 많아도 남을 도와줄 힘이 조금 남았거든 무엇이든지 복을 지으세요. 죽을 때 죽더라도 복을 많이 짓는 사람이 수행자입니다.

죽음을 어떻게
받아들여야 할까요

"불교에서는 죽음을 어떻게 바라보는지, 그리고 어떤 관점으로 죽음을 맞이해야 하는지 궁금하다"라고 하신 분이 있었습니다.

사람이 죽어서 다시 태어나면 소가 되고 말이 되고 한다는 얘기는 인도의 전통 사상에서 말하는 윤회입니다. 이런 윤회 사상은 부처님의 가르침은 아니에요. 부처님의 가르침은 삶과 죽음을 같은 것으로 보지, 죽음을 어떤 특별한 다른 것으로 보지 않습니다.

두더지를 뿅망치로 때리는 게임을 해 보셨죠? 이걸 때리면 저게 나오고 저걸 때리면 이게 나오잖아요. 인생사도 그와 같아요. 아이 문제를 해결하면 남편 문제가 터지고, 남편 문제를 해결하면 시어머니 문제가 터지고, 시어머니 문제를 해결하면 건강 문제가 터집니다. '이 문제만 해결하면 더 이상 문제가 없을 것이다' 이렇게 생각하고 열심히 살긴 사는데, 결과는 이거 해결하고 저거 해결하느라 늘 바쁜 것입니다.

그러면 수행은 뭘까요? 게임 기계의 전원을 확 빼 버리는 거예요. 전원을 빼 버리면 두더지가 더 이상 안 올라옵니다. 그것이 깨달음입니다. 그것처럼, 전원을 확 빼 버리면 죽음이라는 것도 아무런 문제가 안 됩니다. 여러분은 죽음이 문제라고 생각하는데 사실은 죽음이 문제가 아니라 안 죽고 싶은 것이 문제입니다. 죽음 때문에 괴로운 것이 아니에요. '안 죽고 싶다' 이렇게 집착하고 있는데 죽어야 하니까 괴로운 것이지, 죽음을 하나의 현상으로 받아들이면 죽음이 괴로울 이유가 없습니다.

삶과 죽음은 신진대사가 작동하느냐, 작동하지 않느냐의 차이일 뿐입니다. 그래서 불교에서는 죽음을 그냥 자연스러운 현상으로 바라봅니다. 일부러 죽을 필요도 없고, 죽을 때가 됐는데 안 죽겠다고 발버둥 칠 필요도 없습니다. 삶과 죽음을 같이 봐야 합니다. 죽음은

특별한 게 아니에요.

그래서 수행자는 죽는 순간에도 호흡을 관찰합니다. 숨이 들어오고 숨이 나가고를 일상적으로 지켜보듯이, 죽는 순간에도 숨이 끊어질 때까지 가만히 들숨과 날숨을 알아차리기 때문에 두렵지 않습니다. 죽음이 두렵지 않은데 왜 죽어서 어떻게 될지, 죽으면 어디로 가는지에 대해 걱정하겠습니까?

'다시 태어난다', '천국에 간다' 이런 얘기는 죽음에 대한 두려움을 없애기 위해 종교에서 흔히 사용하는 하나의 방편입니다. 부처님의 가르침에서는 그냥 삶과 죽음을 똑같이 봅니다. 죽음에 대한 두려움이 없는 것이 바로 해탈이에요. 일부러 죽을 필요는 없지만, 죽음이 온다 해도 두렵지 않은 것이 해탈입니다. 죽음도 두렵지 않은 사람이 회사에 부도가 났다고 두려울까요? 몸이 아프다고 해서 두려울까요? 아프면 불편할 뿐이지 두렵지는 않습니다. 그것이 올바른 수행입니다.

수행의 목표는 어떠한 경우에도 괴로움이 없는 상태가 되는 겁니다. 지금도 비록 괴로움이 조금씩 일어나기는 하지만, 그래도 옛날보다는 더 나아졌다면 수행이 되어 가고 있는 겁니다. 수행자는 해탈을 향해 나아가는 사람입니다.

3장

사흘 슬퍼했다면
그것으로 충분하다

●
살아 있을 때는 후회 없이 잘해 주고,
떠나고 나면 더 이상 잡지 않는 것이 아름다운 이별입니다.

쌀과자처럼
바삭한 이별

부모가 살아 계실 때는 얼마나 소중한지, 얼마나 감사한 존재인지를 잘 모릅니다. 그러다 부모가 돌아가시고 나면 그 빈자리를 느끼고 후회합니다. 또 남편이나 아내도 곁에 있을 때는 고마운 줄 모릅니다. 늘 내가 원하는 대로 안 되는 몇 가지 문제만 보면서 불평불만을 갖습니다. 자녀들에 대해서도 마찬가지입니다. 아이가 건강하면 공부 잘하기를 원하고, 공부를 잘하면 더 뛰어나기를 원합니다. 늘 부족한 것만 보고 다그치다가 아이가 죽고 없으면 그동안의 생각이 얼마나 어리석었는지 뼈저리게 깨닫습니다. 이렇게 우리는 곁에 있을 때는 고마운 줄 모르고 불평하며 미워하다 없어지면 후회하고 괴로워합니다.

갑작스런 교통사고로 세상을 떠난 약혼자 이야기를 하면서 눈물을 흘리는 분이 있었습니다.

"생전에 그분이 노인들이나 어린이들을 위한 일을 많이 했는데,

현실적이지 못한 부분들 때문에 참 불평불만을 많이 하고 말로 상처도 많이 주었습니다. 그런 것들이 시간이 갈수록 점점 더 크게 죄책감으로 다가오고, 그런 저 때문에 죽은 게 아닌가 하는 생각까지 듭니다."

이처럼 살아서 곁에 있을 때는 불평불만을 가지다가 떠나고 나면 후회하면서 자신을 괴롭히는 경우가 많은데, 이미 죽은 사람이 '너에게 상처를 많이 받아서 힘들어서 죽었다'고 이야기했을까요? 떠난 사람은 말이 없는데 이분은 혼자 지난 일을 되새기면서 스스로 죄책감이라는 감옥에 갇혀 있습니다.

죄책감을 가지는 것도 내 생각일 뿐이고 그리워하는 것도 내 생각일 뿐입니다. 이미 떠난 사람과는 아무 관계가 없어요. 그러니까 죽은 사람에 대해서는 더 이상 미련도 후회도 갖지 말고, 잘 떠나갈 수 있도록 가벼운 마음으로 보내 주는 게 좋습니다.

부모가 돌아가신 뒤 제일 서럽게 우는 사람도 바로 불효자입니다. 살아 계실 때는 찾아뵙지도 않다가 돌아가시고 나면 아쉬워서 울고불고하는 거예요. 효자는 안 웁니다. 평소에 할 만큼 했기 때문에 울 일이 없거든요. 돌아가신 뒤에 소란스럽게 묘를 크게 쓴다든지 제사상에 음식을 많이 올린다든지 해 봐야 돌아가신 분과는 아무 상관이 없습니다. 부모가 살아 계실 때 찬물 한 그릇이라도 떠서 드리는 것이 효도이고, 돌아가시면 "안녕히 가세요" 하고 편안히 보내 드리는 것이 진정으로 부모를 위하는 길이고 진정한 천도薦度입니다. 설사 아쉬움과 후회가 남았더라도 이미 지난 일이니 털어 버리는 것이 자신을 위해서나 떠난 사람을 위해서도 좋습니다.

누구나 영원히 살 수는 없습니다. 살아서는 이런저런 병도 걸립니다. 운다고 병이 나을까요? 죽지 않을까요? 그러니 부모님이 편찮으시면 밥이라도 한 끼 더 해 드리고 청소라도 한 번 더 해 드리고 조금 더 웃어 드리는 게 좋습니다. 부모가 아프다고 '돌아가시면 어떻게 하나' 전전긍긍하면서 울기만 하면 부모도 마음이 불편해집니다. 내일 돌아가시더라도 오늘은 생글생글 웃어야 남은 시간을 웃다가 돌아가실 수 있습니다.

10년 전에 친정어머니가 사고로 돌아가셨는데 지금도 힘들 때마다 친정어머니를 생각하며 운다는 분이 있었습니다. 그분이 이런 질문을 했습니다.

"어머니가 극락왕생하시도록 기도했는데, 정말 극락이 있나요?"

그분에게 '믿는 자에게 복이 있나니 천국이 너의 것이라'라는 성경 구절을 이야기했습니다. 극락이 있는지 없는지 따지지 말고 '우리 어머니는 극락에 갔다'고 믿으면 다른 누구도 아닌 자신에게 복이 된다는 얘기입니다. 돌아가신 어머니가 지옥에 가셨을 거라고 생각하면 마음이 편하지 않고, 흩어져 버려 아무것도 없다고 하면 허전하잖아요.

살아 있을 때는 후회 없이 잘해 주고,
죽고 나면 더 이상 잡지 않고 잘 보내 주어야 합니다.

꿈에도 안 나타난다고 울며 그리워할 게 아닙니다. 그리워하면 할수록 떠나지 못하고 자꾸 오게 되는데 육신이 없으니 돌아올 수도 없어서 떠돌이 귀신이 됩니다. 그걸 무주고혼無主孤魂이라고 합니다. 이 세상에 미련을 끊고 떠날 수 있도록 "엄마, 잘 가. 안녕!" 이렇게 인사하고 빨리 보내 주어야 합니다.

얼마 전에도 어느 분이 자식이 죽어서 울고불고 정신이 없었습니다. 자식을 먼저 보냈으니 가슴이 미어지겠지요. 그래도 떠난 사람은 보내 주어야 합니다. 그래서 "잘 가라, 안녕" 하라니까 그걸 못하고 눈물이 범벅이 되어서 "잘 가라, 엉엉엉" 통곡을 했습니다. 자식을 보내기가 물론 쉽지 않지만 그래도 '안녕'이란 인사말이 바삭한 쌀과자를 씹는 것처럼 가벼워야 합니다. 마치 엿 붙은 것처럼 끈적끈적하게 인사하면 자식은 못 갑니다. 내가 울고불고하는 것은 나도 슬픈 일이지만 죽은 사람을 크게 괴롭히는 거예요.

남편이 죽든 자식이 죽든 부모가 죽든 장례가 끝나면 웃으면서 "잘 가요" 이렇게 얘기해야 합니다. 이별이 잘 안되니까 입던 옷도 태우고 정리하는 겁니다. 잘 가라고 마음에서 정을 끊어 버리면 죽은 사람의 물건을 써도 괜찮은데, 죽은 사람의 물건을 보면 슬퍼하니까 집착을 끊으라고 불태우는 거예요.

살아 있을 때는 후회 없이 잘해 주고, 죽고 나면 더 이상 잡지 않고 잘 보내 주어야 합니다. 그런데 우리는 살아 있을 때는 속 썩이고 죽으면 또 고혼孤魂 되라고 끄집어 당겨서 애를 먹입니다. 제사도 죽은 사람을 위한 게 아니라 산 사람을 위한 것이고, 천도도 산 사람의 마음을 위해서지 죽은 사람만을 위한 것이 아닙니다. 산 사람이 안 잡으면 죽은 사람은 알아서 삽니다. 그런데 슬퍼하며 잡아서 문제가 되는 거예요. 미련 없이 마음에서 떠나보낼 때 비로소 진정한 천도가 되는 겁니다.

사별의 슬픔이
계속되거든

"14년 전에 아들을 먼저 떠나보냈어요. 9개월을 키우고 '엄마'라는 말을 막 했을 무렵이었어요. 낮잠을 재우고 저희 부부는 거실에서 신나게 놀았는데, 애가 일어날 시간이 지나도록 깨지를 않아서 방에 들어가 보니까 죽어 있었어요."

한 어머니가 14년 전에 죽은 자식 이야기를 하면서 눈물을 흘렸습니다. 어린 자식을 보낸 부모로서 마음 아프긴 하겠지만, 14년이 흘렀는데 아이 생각을 하면서 또 흐느껴 웁니다. 지금 아이가 죽은 것도 아닌데 14년 전에 죽은 그 아이 생각을 하면서 '사로잡힘'이라는 정신 현상이 일어난 겁니다.

이미 지나가 버린 일을 비디오로 보는 것처럼 떠올리면서 마치 지금 일어나는 일인 것처럼 생각하면, 뇌나 마음에 아이가 죽었을 때와 똑같은 작용이 일어납니다. 눈물도 나고 목도 메고 마음이 가라앉지를 않습니다. 그러나 그럴 때 다른 생각, 다른 이야기를 하다 보면 그 사로잡힘에서 벗어납니다. 그러다 다시 죽은 아이를 생각하고 사로잡히면 또 슬픔이 일어납니다.

어떤 부인이 남편이 죽어서 몹시 괴로워하고 있다면, 남편이 죽었기 때문에 괴로운 것이 아니라 남편이 죽었다는 생각에 사로잡혀 있어서 괴로운 겁니다. 남편의 장례를 치르는 동안에도 맛있는 음식을 보고 순간적으로 '맛있겠다'는 생각을 하는 동안에는 괴롭지 않습니다. 그 순간에는 남편이 죽었다는 생각을 놓아 버렸기 때문이에요. 그런데 조금 있다가 다시 남편 생각을 하면 괴로워집니다. 죽음이 괴로움을 불러오는 것이 아니라 죽었다는 생각에 사로잡힐 때 괴로움이 일어나는 거예요. 그러나 그걸 놓으면 금세 밝아집니다.

14년 동안 사별의 슬픔을 겪고 있는 어머니 역시 죽음의 충격에 사로잡혀서 놓아 버리지 못했기 때문입니다. 이 부모는 아이가 죽을 때 거실에서 놀고 있었다는 것 때문에 지금까지 자책을 하고 있습니다. 그러나 아이가 자는 줄 알았는데 죽었다면 병명을 정확하게는 모르겠지만 심장마비일 확률이 높습니다. 그럼 그 아이는 커서 심장 때문에 고생을 할 확률이 높아요. 그런데 어려서 죽었으니 아이도 덜 고생하고 부모도 덜 고생하지 않았겠어요. 초등학교나 중학교쯤 다니다 죽었으면 슬픔이 지금보다 더 클 수도 있습니다.

부모가 무슨 잘못을 해서 죽인 것도 아니고 이불을 잘못 덮어 놔서 질식해서 죽은 것도 아니잖아요. 그냥 자연사일 뿐인데, 아이가 죽을 때 곁에 없었다는 이유로 죄책감을 가질 이유는 없습니다. '우리와 인연이 다해서 갔구나' 생각하고, '다음 생에는 불편한 몸 받지 말고 건강한 몸 받아서 행복하게 살거라' 이렇게 기도하고 집착을 놓아 버려야 합니다.

누구를 위해
제사를 지내는가

"첫째 아이가 자다가 심장마비로 죽고, 아이를 화장한 날 하혈을
했어요. 병원에 가니까 또 동생이 태중에 들어와 있었습니다. 태중
의 아이를 생각하면 마음을 다스렸어야 했는데 어리석어서 태중 열
달 내내 너무너무 힘들게 지냈습니다. 둘째 아이가 다른 형제들에
비해서 예민하고 감정이 격한데, 이것이 엄마 탓이라는 걸 알게 되
면서 잘 살펴보려고 애쓰는데도 힘이 듭니다."

엄마로서 아이를 잃고 마음이 아프겠지만 이미 일어나 버린 일이
고 돌이킬 수 없는 일입니다. 이미 떠난 아이에 대한 집착을 버렸으
면 둘째 아이라도 건강하게 키웠을 텐데 이렇게 후회할 일을 스스로
만든 겁니다.

엄마가 임신 중에 거의 우울증 상태였기 때문에 자칫하면 둘째 아
이에게 신경쇠약이나 우울증 같은 게 오기 쉽습니다. 그런데 지금
또 그 아이의 모습을 보면서 슬퍼하고 후회하면 제3의 화를 불러옵

니다. 이제는 지난 일에 대한 슬픔과 후회를 딱 끊고 마음을 다잡아야 합니다.

'내가 어리석어서 제1의 화살을 맞을지언정 제2의 화살을 맞지 말라고 한 부처님의 가르침을 몰랐구나' 이렇게 뉘우치고 끝내 버려야 합니다. 그래서 죽은 아이는 '잘 가거라' 하고 마음에서 떠나보내고 둘째 아이에 대해서는 이해하는 마음을 내야 합니다. '내가 엄마로서 아이를 잘 보호하지 못하고 방황했구나. 내가 아이를 위해 기도해야겠다.'

죄책감을 느끼라는 게 아닙니다. 내가 어리석어서 슬퍼하는 가운데 아이가 자랐을 뿐이지, 내가 의도적으로 아이를 그렇게 만들려고 슬퍼한 건 아니잖아요. 다만 '내가 어리석었구나, 그 과보를 달게 받겠다'는 마음을 내면, 아이의 행동에 대해 미워하고 화내기보다는 아이를 이해하고 나를 점검하는 기회로 삼을 수 있습니다.

이처럼 자식을 잃는 것은 안타까운 일이지만 그 슬픔에서 벗어나지 못하면 결국 제2, 제3의 화를 불러올 수 있습니다. 한 어머니는 큰아들이 죽은 뒤 제사를 지내는 문제로 상담을 해 왔습니다.

"6년 전, 고1이던 큰아들을 학교에 보내려고 깨우다 보니 저세상에 가 있었습니다. 너무 가슴이 아파서 내가 제사를 지내야겠다 마음먹고 제사를 챙기는데, 제사상을 볼 때마다 마음이 너무 괴로운 거예요. 또 작은아들이 절을 안 하겠다고 해서 어떻게 제사를 지내

떠난 자식에 대한 마음을 내려놓아야
남은 자식이 건강하게 살 수 있습니다.
그래야 제2, 제3의 화살을 맞지 않습니다.

야 좋을지도 모르겠고요."

큰아들의 제사를 지낼 때마다 마음이 괴롭다고 하지만 형의 제사상 앞에서 절을 해야 하는 둘째 아들의 심정은 어떻겠어요. 제사 때마다 형의 죽음을 떠올리게 될 것이고 제사상을 차리면서 슬퍼하는 어머니를 보며 또 괴로울 거 아니에요. 그러면 살아 있는 자식에게도 슬픔의 씨앗을 심어 주는 게 됩니다. 그리고 유교에서도 결혼 안 하고 어려서 죽은 사람의 제사는 지내지 않습니다.

큰아이가 밤에 자다가 죽었다면 고통 없이 간 겁니다. 고통스러운 것은 바로 나예요. 병원에도 한번 못 데려가 보고 아침에 죽어 있는 걸 본 내가 괴로운 겁니다. 죽은 아들을 위해서 제사를 지낸다고 하지만 사실은 살아 있는 내가 괴로워서 지내는 것이지, 고통 없이 세상 떠난 아들과는 아무 관계가 없는 일이에요. 엄마가 아쉬움이 남으니까 그걸 해결하는 방식으로 지금 무엇이든 해 보려고 하는 겁니다.

그런데 자식이 뇌사 상태로 병원에 한 10년 넘게 누워 있으면 어떤 생각이 들까요? 지금이야 그렇게라도 있어 줬으면 좋겠지만 막상 그렇게 되면 지금 마음 같지 않습니다.

이제는 '자식을 더 이상 괴롭히지 말고 놓아야겠다' 생각하고 마음 정리를 해야 합니다. 죽은 자식을 붙들고 있으면 제사상을 차릴 때마다 마음이 괴롭습니다. 또 살아 있는 자식이 죽은 형 때문에 마음의 고통을 받습니다. 어머니가 떠난 자식에 대한 마음을 내려놓아야 산 자식이 건강하게 살 수 있어요. 그래야 제2, 제3의 화살을 맞지 않을 수 있습니다.

딱 3일만 슬퍼하고
정을 끊어라

어떤 이유로든 죽은 사람에 대해서는 정을 딱 끊어야 합니다. 그래야 극락을 가든, 천당을 가든, 따로 몸을 받든, 이 세상에 대한 미련을 버리고 빨리 갑니다. 그런데 어리석은 중생이라 마음 정리가 잘 안되니까, '사람이 죽으면 3일까지는 슬퍼해도 된다'고 한 것이 '3일장'입니다. 좀 유명한 사람은 국민들이 다 가슴 아파하니까 사흘 가지고 안돼서 5일 또는 7일까지 하는 겁니다.

그때까지만 슬퍼해 주고 끝나면 웃어야 좋은 일이 생깁니다. 부모가 죽었든 자식이 죽었든 남편이 죽었든 아내가 죽었든 스님이 죽었든 다 똑같아요. 앞으로 법륜 스님이 죽었다 해도 울면 안 됩니다. '아이고, 우리 스님 잘 죽었다' 이래야 합니다. 혹시라도 제가 교통사고 나서 죽었다고 하면 '우리 스님 그렇게 돌아다니더니 결국 교통사고 나서 죽었구나' 하고 딱 정을 끊어야 해요.

얼마 전에 남편이 30대에 사고로 죽었다는 부인이 초재 지내러 와서 한참을 울었습니다. 그래서 제가 이렇게 말했습니다.

"이제 딴 남자 만나서 즐겁게 사세요."

이 여자분이 이해가 안 되겠죠?

"아유! 스님, 그게 무슨 말씀이세요?"

막 울다가 성질을 내는 겁니다.

"운다고 남편이 살아 와요?"

"아니요!"

"한 살짜리 아기가 있다면서요? 엄마가 울면 아이 심성에 슬픔이 쌓이고 엄마가 웃으면 아이 가슴에 기쁨이 쌓이는데 엄마로서 울어야겠어요, 웃어야겠어요?"

"웃어야 합니다."

"다른 남자를 만나서 엄마가 웃으면 아이한테는 기쁨이 쌓이고, 엄마가 혼자 살면서 울기만 하면 아이 가슴에는 슬픔이 쌓입니다. 아이 입장에서는 엄마가 누구를 만나느냐가 중요한 게 아니고 엄마가 지금 웃는 게 중요해요. 엄마가 정말 아이를 사랑한다면 웃어야겠어요, 울어야겠어요?"

"웃어야 합니다."

"그러니까 아이를 가진 엄마는 어떤 경우에도 아이를 최우선으로 생각해야 합니다. 남편이 죽은 상황에서도 아이를 먼저 걱정해야 합니다. 정말 아이를 사랑한다면 아이를 위해서 웃어 줘야 한다는 거예요. 그러니까 그냥 안 웃어지면 다른 남자를 만나서라도 웃어야 한다는 겁니다. 이건 윤리나 도덕 이전의 문제예요."

그러고는 한 사흘인가 지났는데, 한 신도분이 놀라운 장면을 봤다면서 이렇게 이야기하는 겁니다.

"며칠 전에 남편이 죽었다고 목이 메어 말도 못 하던 젊은 부인 있잖아요. 스님 말씀을 듣고 간 그날 오후에 집사람이 봤는데 친정어머니하고 생글생글 웃으면서 쇼핑을 하고 있었대요. 스님께서 무슨 말씀을 하신 겁니까?"

남편이 죽었다고 맨날 눈물로 살면 자기 인생을 자기가 망치고 학대하는 겁니다. 남편은 제 명대로 살다가 죽었기 때문에 내 죄가 아니에요. 그러니까 내가 죄의식을 가질 필요가 없습니다. 내가 웃으면서 지내야 자식이 잘 큽니다. 그러지 않고 슬픔에 빠져 있으면 아이들의 정신에 아주 나쁜 영향을 줍니다.

자식이 스무 살이 넘으면 부모에 대한 미련을 끊고 자기 인생을 살아가야 하는데, 홀어머니가 늘 울고 지내면 자식이 스무 살이 넘어도 집을 못 떠납니다. 어디를 가고 싶어도 '엄마 혼자 놔두고 어떻게 가나' 해서 제 갈 길을 가지 못합니다. 또 여자를 사귈 때도 그냥 자기 마음에 드는 여자를 찾지 못하고 '이 여자는 엄마한테 잘 맞출까?', '이 여자가 우리 엄마를 잘 보살펴 줄까?' 이런 것을 생각해서 자신의 인생을 제대로 살지 못하게 됩니다.

그래서 엄마는 자식을 위해서 남편이 죽어도 아무렇지 않은 듯이 행복하게 웃으면서 지내야 합니다. 자식이 엄마를 걱정하더라도 "내 걱정 할 것 없어. 나는 괜찮으니 네 걱정이나 해라" 할 정도로 당당하게 살아야 자식이 건강하게 성장합니다.

　사랑하는 사람이 죽은 건 슬픈 일이지만, 그 슬픔을 놓아 버려야 더 이상 그 슬픔과 괴로움 속에서 허우적거리지 않게 됩니다. 또 떠난 사람을 위해서도 훌훌 털어야 합니다. 그 사람에 대한 좋은 기억은 할 수 있지만 집착을 해서는 안 됩니다. 나는 그리워서 우는데 영혼은 허공을 떠돌게 됩니다. 그를 위해서라도 가벼운 마음으로 보내 줘야 하고, 나를 위해서도 가볍게 떠나보내 줘야 하고, 남은 가족의 행복을 위해서도 더 이상 붙잡지 않아야 합니다.

우리는 생로병사에서 벗어날 수가 없는데 이런저런 욕심으로 인생에 후회를 남기는 경우가 많습니다. 한 어머니가 아들을 잃고 연거푸 어려운 일이 닥쳤다는 이야기를 했습니다.

"수능을 앞둔 아들을 위해서 초파일 보름 전부터 새벽 기도를 했습니다. 새벽 기도를 73일이나 했는데 공부도 잘하고 말도 잘 듣는 착한 아들을 잃었습니다. 그 아들이 간 뒤 작은아이의 발이 골절되었고, 신호 대기하고 있다가 다른 차가 제 차를 쳤는데 일이 엉키더니 제가 가해자가 돼 버렸어요. 아이 잃은 것도 힘든데 이렇게 억장이 무너지는 일이 왜 연거푸 벌어지는지 모르겠습니다."

어머니는 아들의 입시를 위해 공부 잘하라고, 좋은 대학 가라고 기도했습니다. 그러나 이 아이가 죽을 줄 알았다면 공부가 문제가 아니라 죽지 말고 건강하라고 기도했겠지요. 그러니까 자식이 살아 있으면 그것이 얼마나 감사한 것인지 모르고 좋은 대학을 가느냐 못 가느냐를 가지고 욕심을 냅니다. 그런데 자식이 죽고 보니 공부 잘하고 못하고, 좋은 대학 가고 안 가고 그런 게 하등 중요한 문제가 아니잖아요.

정말 자식을 생각하는 엄마라면 어떻게 기도해야 할까요?

"우리 아이가 살아 있어서 감사합니다, 아이가 살아만 있다면 저는 다른 건 아무것도 바라지 않습니다."

그러나 이미 일어난 일은 되돌릴 수가 없습니다. 말도 잘 듣고 착한 아이였으니 좋은 곳에 갔을 거라는 믿음을 갖고 보내야 합니다. '우리 아이는 착하게 살아서 좋은 데 빨리 갔겠구나!' 이렇게 생각하는 겁니다. 울고불고 보고 싶어 하면 아이가 엄마 때문에 갈 수가 없으니까 지금이라도 '좋은 데 빨리 가라'고 기도해 줘야 합니다. 그리고 작은아이의 다리가 부러진 건 천만다행이잖아요. 첫째는 죽었는데 둘째는 다리만 부러지고 살아 있으니 다행이잖아요. '감사합니다. 다리만 부러지고 살았으니 천만다행입니다' 이렇게 넘어가면 되겠죠.

자식의 다리가 부러진 걸 두고도 흔들림이 없으면 교통사고 나서 손해 좀 본 것은 아무 일도 아니잖아요. 아이를 잃은 일에 비하면 차를 좀 긁힌 것은 아무 일도 아니니까 앞의 일을 겪으면서 얻은 교훈으로 뒤의 일은 빙긋이 웃을 수 있잖아요. '내가 죽거나 다리가 부러질 일인데 차가 뒤에서 받는 걸로 끝났구나! 좀 긁히는 걸로 액땜했

구나!' 이렇게 생각하면 별것 아니에요.

그러니 아무 문제가 없다는 겁니다. 연달아서 세 번의 죽음을 받아야 할 것을 한 번만 받고 나머지는 하나씩 감해서 갈수록 사건이 작아졌잖아요. 과보가 탕감이 되고 있는 거니까 이제는 얼굴 펴고 생글생글 웃으면서 살면 됩니다.

앞으로는 누가 와서 다리를 걸어 넘어뜨려도 "아들 죽고도 사는데 그만한 일에 뭘 못 살겠어요!" 말할 수 있어야 합니다. 이제 인생에 겁날 게 없잖아요. 아들 죽고도 싱글싱글 웃고 사는데 재산이 날아간다고 못 살겠어요, 집에 불이 난다고 못 살겠어요. 이게 바로 떠난 아들이 나에게 준 큰 깨달음이고, 아들이 나에게 주고 간 큰 선물인 겁니다.

아들 때문에 울고 있으면 아들이 나에게 고통을 주고 간 거고, 아들을 통해서 인생의 지혜를 얻으면 아들이 엄마에게 큰 선물을 주고 간 게 됩니다. 어떤 일이 일어날 때마다 이렇게 생각할 수 있잖아요. '우리 아들이 준 선물이구나. 내가 예전 같으면 이런 일에 울고불고 난리 칠 텐데 아들 잃고 마음을 깨치고 보니 이런 일은 아무것도 아니구나.'

우리에게 일어난 일은 좋은 일도 아니고 나쁜 일도 아닙니다. 일어난 일은 다만 일어난 일일 뿐이에요. 그것을 좋게 생각하면 좋은 일이 되고 나쁘게 생각하면 나쁜 일이 됩니다. 좋은 일 나쁜 일은 결국 내가 만드는 거예요. 어떤 일을 실패했을 때 그 실패는 좋은 것도 아니고 나쁜 것도 아닙니다. 연애하다 실패하든, 사업하다 실패하든, 그걸 상처로 갖게 되면 다음 연애나 사업에 두려움이 생깁니다. '또 이런 일이 생기면 어쩌지?' 그러면 이게 장애가 됩니다.

제가 고문을 당했는데, 그 일을 나쁘게만 생각했으면 저에게 큰 상처가 되고 한이 되었을 겁니다. 그러나 그것을 인생의 경험으로 받아들임으로써 몇 년 수행하는 것보다 더 큰 깨달음을 얻는 기회가 되었습니다.

대부분의 사람은 경험한 것을 주로 상처로 간직하고 있습니다. 그래서 삶이 고달픈 거예요. 어떤 경험을 했든 그것을 항상 교훈으로 삼아서 자산으로 만드는 게 중요합니다. 그런 사람은 어려움을 겪을수록 더 단단해지고 능력도 커집니다.

자녀의 죽음은 비할 바 없이 고통스러운 일이지만 이를 통해서 인생을 깨달으면 이 세상 어떤 사람보다 대범하게 살 수 있습니다. '자식 잃고도 사는데 앞으로 무슨 일을 당한다 한들 못 살 일이 있겠는가.' 그래서 세상에 이런저런 일이 일어나도, 딴 사람은 죽네 사네 해도 나는 태연하게 받아들일 수 있는 겁니다.

떠난 사람을 위한
이별 방식

부처님이 돌아가실 무렵 제자들이 물었습니다.

"장례는 어떻게 치를까요?"

그러자 부처님이 이렇게 말씀하셨습니다.

"그런 건 걱정하지 마라. 신심 있는 재가 신자들이 알아서 할 거다."

재가 신자는 세속 사람을 말하는데, 그들이 알아서 할 거란 것은 그들의 풍속대로 장례를 치를 거라는 이야기입니다. 그래서 부처님이 돌아가신 뒤 인도의 풍속대로 화장을 했습니다. 만약 부처님이 우리나라에서 살다가 돌아가셨다면 매장을 했을 겁니다.

불교의 가르침은 주로 진리에 대한 내용이고 특별히 문화적인 것은 없습니다. 불교가 시작된 곳이 인도니까 그곳의 전통문화를 수용하면서 인도의 전통문화가 불교문화로 되었을 뿐입니다. 엄격하게 말하면 화장은 불교문화가 아니라 인도의 전통 장례문화이고 49재도 인도 문화와 결합해서 나왔습니다. 49재는 49일 안에 망자를 구원한다는 의미가 있고, 망자는 살아 있을 때 어떤 행위를 했느냐에 따라 9등급으로 구분된다고 합니다.

'이 세상 사람들이 죽어서 다음 생에 극락세계에 태어나고 싶다고 간절하게 바라면 누구나 다 극락세계에 태어날 수 있다. 그런데 똑같이 태어나는 것은 아니고 이 세상에서 자기가 한 행위에 따라서 아홉 등급으로 나뉜다.' 먼저 상·중·하로 나뉘고, 상에 또 상·중·하가 있습니다. 중에도 상·중·하가 있고, 하에도 상·중·하가 있습니다. 그래서 9등급으로 나뉩니다.

상품 상생인 첫 번째 등급은 죽자마자 바로 극락세계에 태어난다고 합니다. 마치 이 방문을 열고 나가서 저쪽 방문으로 들어가는 것과 같은 것이지요. 두 번째 등급은 12시간 안에 태어나고, 세 번째 등급은 하루 만에 태어나고, 네 번째 등급은 3일 만에 태어나고, 다섯 번째 등급은 일주일 만에 태어나고, 여섯 번째 등급은 삼칠일, 즉 21일 만에 태어나고, 일곱 번째 등급은 칠칠일, 즉 49일 만에 태어난다고 합니다. 그래서 49재를 지내는데, 산 사람이 49일 안에 죽은 사람의 빚을 좀 갚아서 극락에 태어나도록 도와주기 위해서라는 겁니다.

그러면 8등급과 9등급은 어떻게 될까요? 그들도 극락세계에 태어나긴 하지만 지옥에 가서 뜨거운 맛을 조금 보고 와야 한다고 합니다. 이들을 지옥에서 구제하기 위해서 7월 15일 백중기도를 하는 것입니다.

이것이 진짜인가 거짓인가는 따질 필요가 없습니다. 하나의 신앙이기 때문에 믿고 싶으면 믿고 믿기 싫으면 안 믿으면 될 뿐입니다.

장례문화도 종교마다 나라마다 다릅니다. 인도에서는 사람이 죽으면 화장을 하고 티베트에서는 조장鳥葬을 합니다. 조장은 시체를 잘게 잘라서 높은 바위에 갖다 놓고 매나 독수리가 쪼아 먹도록 하는 겁니다. 사막 지역에서는 풍장을 하는데, 시신을 판자 위에 얹어 밖에 내놓고, 1년 정도 지나 뼈만 남았을 때 장례를 치르는 겁니다. 섬 지역에서는 수장을 하기도 합니다.

이런 장례문화에는 나름의 의미가 있습니다. 조장을 하는 것은 새를 통해 높이 있는 하늘나라에 간다고 여겨서이고, 매장을 하는 것은 영혼들이 사는 세계가 지하라고 생각했기 때문입니다. 또 인도 사람들은 윤회를 믿었기 때문에 육신이 있으면 집착을 하니까 집착을 빨리 끊어 버리고 새로 태어나라고 화장을 합니다.

장례를 어떻게 치르든 사람이 죽으면 그걸로 이 세상과는 끝입니다. 끝이라는 말은 '내생이 없다', '극락에 못 간다'는 의미가 아니라, 일단 숨을 거두면 이 세상과 인연은 끝이라는 겁니다. 기독교식으로 말하면 천국에 가 버리니 내가 상관할 바가 아니고, 불교식으로 말하면 다른 생명으로 태어나니 내가 상관할 바가 아니라는 거예요. 그러니까 이미 떠난 사람에 대해서는 '이제 인연이 다했구나' 생각하고 내 마음에서 보내 주는 것이 가장 좋은 이별입니다.

벗어 놓은 헌 옷에
집착하지 마라

우리는 돌아가신 분의 육신을 모시는 문제를 두고 여러 가지 징크 스를 갖고 있습니다. 그에 관한 이야기를 안 들으면 괜찮은데 들어 버리면 거기에서 갈등이 생기고 문제가 일어납니다. 어떤 분이 산소 문제로 일어난 고민을 말했습니다.

"산소를 이장하고 나서 3년 이내에 손대면 안 된다고 하던데, 그 게 맞나요? 산소에 손을 대서 일이 생겼다는 사람이 있거든요. 정말 있을 수 있는 일인가요?"

나무를 옮겨 심어 보세요. 바로 자랍니까? 한 3년간 제대로 안 자 라다가 나중에 뿌리를 내려서 자랍니다. 벼도 옮겨 심으면 뿌리내리 고 살아남는 데 시간이 좀 걸립니다. 사람도 여기 살다 저기 가면 적 응하는 데 시간이 걸려요. 그래서 옮겨 가는 게 나쁜 게 아니고 옮겨 가면 적응하는 데 시간이 조금 걸리는 것뿐이에요. 만약 3년 안에 이 장하지 말라는 얘기를 들었다면 안 하면 됩니다. 나쁘다는데 굳이 할 게 뭐 있습니까. 그런데 안 할 수 없는 일이 벌어졌다면 하면 되지 그걸 가지고 고민할 일은 아닙니다.

저희 어머니가 목요일에 돌아가셨습니다. 장례를 토요일에 치러야 하는데, 미국에 계신 형님이 장례식에 참석하려면 토요일에 못 치르고 일요일에 치러야 할 형편이었습니다. 그러면 4일장이 되는데, 우리나라는 4일장은 하지 않으니 5일장으로 월요일에 치러야 해서 또 불편한 겁니다. 이런 상황이 되니 논란이 일어났습니다.

"아들 하나가 안 오더라도 3일장을 치르자."

"그래도 그럴 수가 있나, 다 왔을 때 치러야지."

가족들 의견이 팽팽하게 맞섰습니다. 그래서 제가 지관에게 "4일장을 하면 안 됩니까?"라고 물으니까 안 된다는 겁니다. 그런데 안 된다는 일에는 항상 비방이란 게 있습니다. 즉 예외가 있다는 말이에요. 그래서 돈을 주고 비방을 하나 써 달라고 했습니다. 비방이란 바로 셋째 날 가묘를 하는 겁니다. 작대기에 새끼를 주르르 말아서 귀신을 속이는 것인데, 셋째 날 가묘를 하고 나흘째 되는 날 그걸 꺼내고 관을 묻으면 된다는 겁니다. 결국 이 비방으로 집안 문제를 풀었습니다.

그러면 제가 그 비방을 믿어서 그렇게 했을까요? 사람이 살다 보면 교통사고가 날 수도 있고 집에 불이 날 수도 있고 이런저런 일들이 생길 수 있습니다. 그런데 장례 치르고 3년 안에 이런 문제가 생기면 '장례를 잘못 치러서 그렇다'라고 할 겁니다. 그럼 또 논란이 되겠지요. 그런데 이런 비방을 쓰면 아무 논란이 없습니다. 교통사고가 나면 그냥 교통사고가 났다고 하지 장례를 잘못했다, 산소 때문에 났다는 말을 안 합니다. 제가 그 방법을 쓴 것은 그것이 옳다 그르다는 기준으로 한 게 아니에요. 또 그런 방법을 안 쓰는 게 무조건 진리인 것도 아닙니다. 가족이 여럿 있으니까 장례 문제로 의견이 서로 다를 수 있습니다. 이럴 때 가족들의 의견을 모아 원만하게 푸는 게 좋습니다.

어느 분이 부모님 묘소 문제로 집안에 분란이 있다고 하소연을 했습니다.

"아버지는 매장을 하고 어머니는 화장을 했는데, 같이 옆에 나란히 누우면 안 된다는 이야기를 들었습니다. 이 때문에 형제들 의견이 다 달라서 어찌해야 할지 모르겠습니다."

죽은 사람의 육신은 낡은 옷과 같습니다. 그것을 태우고 싶으면 태우고, 땅에 묻고 싶으면 묻고, 물에 버리고 싶으면 버리면 됩니다. 아무 의미가 없어요. 옛날부터 땅에 묻는 습관이 있는 사람들은 땅에 묻으면 되고, 태우는 습관이 있는 사람들은 태우면 되고, 물에 버리는 습관이 있으면 물에 버리면 됩니다.

기독교에서는 사람이 죽으면 부활해서 천당에 간다고 합니다. 불교로 말하면 극락왕생한다고 합니다. 그럼 이미 가 버린 겁니다. 또 힌두교식으로 말하면 윤회해서 새로운 생명을 받아 버렸잖아요. 그런데 남아 있는 헌 옷을 태우든 묻든 뭐가 중요하겠어요. 죽은 뒤에 장례를 크게 치르든 제사를 거창하게 지내든 그건 살아 있는 사람들의 문제입니다. 장례 의식은 산 사람들의 섭섭함에 대한 보상이지 영가靈駕하고는 아무 관계가 없어요.

그러니까 그 문제로 왈가왈부할 필요 없이 형제들이 합장하고 싶어 하면 합장하게 하고, 분장하고 싶으면 분장하게 하고, 아버지는 두고 어머니만 화장해서 뼈를 뿌린다면 그렇게 하도록 하면 됩니다. 어머니 옷은 묻고 아버지 옷은 태운다고 해서 무엇이 문제며, 어머니 옷과 아버지 옷을 한꺼번에 묻는다고 그게 무슨 문제겠어요. 또 두 분 다 모신다고 무슨 문제겠어요. 벗어 놓은 헌 옷을 가지고 공연히 갈등을 빚을 필요가 없습니다. 그건 다 살아 있는 사람의 집착일 뿐입니다.

원효대사가 비를 피하려고 어떤 동굴에 들어가서 잠을 잘 잤는데, 아침에 일어나 그곳이 무덤이란 걸 알았습니다. 옛날에 고구려식 부여 계열의 무덤은 광개토대왕 무덤처럼 땅 위에 묘실을 만들었기에 그곳에 비를 피해 들어갈 수 있었던 겁니다. 그런데 이튿날 원효대사가 잠을 자는데 자꾸 귀신이 나타나는 겁니다. 그래서 원효대사가 깨달았다고 합니다.

'무덤이라 생각하기 전에는 잠을 편히 잘 잤는데, 무덤이라 생각

하니까 번뇌가 일어나는구나. 모든 게 다 한 마음에서 일어난다.'

무덤은 말이 없습니다. 다만 문제가 있다 생각하면 문제가 있는 거고 문제가 없다 생각하면 문제가 없는 겁니다. 돌아가신 뒤에 어떻게 장례를 치를지, 또 남은 흔적은 어떻게 어디에 모실지 그 형식은 중요하지 않습니다. 남은 사람들이 해야 할 일은 이런저런 형식의 문제로 갈등하지 말고 잘 합의해서 보내 드리는 것입니다. 그것이 가장 좋은 마무리입니다.

돌아가셨다면
이미 과거의 일입니다

아버님이 살아 계실 때 자식 된 도리를 다하려고 극진히 모셨는데도 막상 아버님이 돌아가시니 황망하고 더 잘해 드리지 못했음을 자책하며 괴로워하는 분이 계셨습니다.

병원에서 일주일밖에 못 사실 분이라 말했어도 이후 1년을 더 살게 될지 2년을 더 살게 될지 하루를 더 살게 될지 우리는 알지 못합니다. 그래서 오래 살게 되면 '운동을 더 시켜 드릴 걸' 하고 후회하고, 빨리 돌아가시면 '괜히 운동한다고 아버님을 고생스럽게 했다' 하고 후회합니다. 그래서 이래도 저래도 후회하기는 마찬가지예요. 어떤 일을 해도 늘 부족한 게 생길 수밖에 없어서 항상 이러면 이것이 문제이고 저러면 저것이 문제가 됩니다. 이것을 부정적 사고라고 해요.

그런데 관점을 바꾸면 아무 문제가 없습니다. 조금 전까지 얘기를 같이 나누다가 갑자기 돌아가시면 고통 없이 돌아가셨으니까 돌아가신 분한테는 좋은 일입니다. '아버님께서 이렇게 편안하게 잘 돌아가셨다' 하고 생각해야 합니다. 그런데 우리는 섭섭하게 받아들입니다. 자꾸 내가 섭섭한 것만 생각하는데, 사실 아버님의 입장에서 생각해 보면 편안하게 돌아가시는 게 중요하잖아요.

아버님이 막 고통을 겪으면서 시간을 끌면 자식들은 간호하는 게 너무 힘들어서 지칩니다. 그래서 '이렇게 힘들게 사실 바에야 차라리 돌아가시는 게 더 낫겠다' 하는 생각까지 듭니다. 그럴 때 돌아가시면 갑자기 돌아가셨다는 말을 절대로 안 합니다. '돌아가실 때가 되어서 돌아가셨다' 하고 얘기하죠. 자식의 정을 끊으려고 부모가 긴 고통의 시간을 감내해야 했던 겁니다.

병환을 오랫동안 앓고 있다고 해서 빨리 돌아가셨으면 좋겠다고 생각할 필요도 없고, 조금 전까지 얘기 나누다가 금방 돌아가셨다고 아쉬워할 필요도 없습니다. 왜냐하면 부모의 생사는 내가 어떻게 생각하는지와는 아무 관계 없는 일이기 때문입니다. 내가 후회한다고 다시 살아나는 것도 아니고 돌이킬 수도 없는 일입니다.

그래서 아버님이 갑자기 돌아가셨을 때는 '그동안 고생하고 사셨는데 이렇게 편안하게 돌아가셨으니 참 잘 됐습니다. 아버님, 이제 편안하게 가십시오. 자식이 똥오줌 받아내는 것에 미안해할 일도 없고, 얼마나 좋습니까?' 이렇게 항상 일어난 일을 긍정적으로 보는 자세가 필요합니다. '아버님을 좀 더 편안하게 해 드렸으면 좋았을 텐

'넘어졌는데도 컵의 물이 절반이나 남아서 참 다행이다'라고 생각하는 것이
일어난 일은 똑같지만 나한테 더 좋습니다.

데!' 하고 아쉬워할 수도 있는데, 그런다고 해결되는 것은 아무것도 없습니다. 나만 괴로울 뿐이죠.

이미 지나가 버린 일을 붙잡고 '이랬으면 좋았을 텐데!' 하고 바라는 것은 아무 의미가 없는 어리석은 행위입니다. 이미 일어나 버린 일은 받아들이는 게 중요합니다. 예를 들어, 길을 가다가 넘어져서 컵의 물을 반쯤 쏟았어요. '안 넘어졌으면 안 쏟았을 거 아니야?' 하거나 '절반이나 쏟다니!' 하고 후회한다고 해서 쏟아진 물이 다시 담기지는 않습니다. 절반을 쏟았으면 '넘어졌는데도 컵의 물이 절반이나 남아서 참 다행이다' 이렇게 생각하는 것이 일어난 일은 똑같지만 나한테 더 좋습니다.

기도하고 법당 계단을 내려오다 넘어져 다리가 하나 부러졌다면 '기도해도 소용없네!' 이렇게 생각하지 말고, '기도했더니 한 다리만 부러졌네. 한 발로라도 걸을 수 있어 참 다행이다!' 이렇게 생각하는 게 낫다는 겁니다. 이미 일어나 버린 과거의 일을 긍정적으로 받아들일 때, 인생이 행복해집니다. 우리는 한 치 앞도 못 봅니다. 하물며 지나간 일 때문에 '지금'을 놓쳐서야 되겠습니까?

4장

아픈 인연의
매듭을 풀다

●

너그러워지고 이해심이 깊어지고 성숙해지는 것은
바로 내가, 내 인생이 그렇게 변화하는 것입니다.

상대가 아닌
내 마음부터 살펴라

20대 때는 서른 되고 마흔 되면 더 너그러워지고 대인관계도 유연해지리라고 생각합니다. 이해심이 커져서 남도 더 배려할 걸로 생각하지요. 하지만 나이 들어가니 너그러워졌나요? 물론 '나이 들면 너그러워진다'는 옛말이 있긴 합니다. 농경사회에서는 열심히 일하다 나이 들면 자식에게 물려주고 조금 한가해지니까 너그러워진다고 했습니다. 하지만 지금처럼 쉰, 예순이 돼도 악착같이 돈을 벌어서 먹고사는 각박함 속에서는 나이 들었다고 너그러워진다고 보기는 어렵습니다.

30대든 50대든 마음을 열고 상대를 이해하고 받아들이면 너그럽다는 소리를 듣습니다. 그러니까 나이와 상관없이 상대를 넓은 마음으로 이해하고 수용하는 사람은 인간관계를 편안하게 만들어 갑니다. 상대를 미워하는 대신 그냥 놓아 주면 상대와도 원수질 일 없고 내 인생도 편안해집니다.

부부가 20년, 30년 살다가 이혼하게 되더라도 욕하며 헤어질 게 아니라 서로 절하며 헤어질 수도 있습니다.

"그래도 당신 만나 행복했습니다. 어쨌든 당신 덕에 애도 낳고 키울 수 있었어요. 아이 키울 때는 애 때문에 살았지만, 이제 애도 다 컸으니까 우리 서로 자유롭게 살아 봅시다. 그동안 고마웠어요."

자식 결혼 때나 집안 행사 있을 때는 옛날 친구처럼 반갑게 만나서 어떻게 지내느냐고 물어보고, 새 여자친구나 남자친구에 대해서 이야기도 나눈다면 우리 인생이 얼마나 아름다워지겠어요. 그럴 때, 결혼했다고 행복한 게 아니듯이 이혼했다고 불행한 것이 아닌 게 됩니다. 그러니까 이혼하느냐 안 하느냐가 중요한 게 아니라 어떤 마음으로 헤어지고 사느냐가 중요한 겁니다.

결국 관계의 문제를 풀 열쇠는 내가 쥐고 있습니다. 그래서 상담하러 온 분에게 아무래도 호되게 이야기하는데, 그것은 상대의 잘잘못을 따지기 전에 먼저 '나'를 보라는 의미입니다. 그러면 자기를 편들지 않고 상대의 편을 든다고 서운해합니다. 가령 부인보고 남편에게 숙이라고 하면 "남편에게 문제가 있는데 왜 저더러 숙이라고 하세요?" 합니다. 또 남편보고 부인에게 숙이라고 하면 "아내에게 문제가 있는데 왜 제가 숙여야 하나요?" 합니다. 내가 옳다는 생각, 상대는 그르다는 생각에 사로잡히면 서로 옳다고 싸울 일밖에 없습니다. 그러나 먼저 자기를 살피고 마음을 바꾸면 서로 편안해지는 길

인연의 매듭을 푸는 것은
상대가 아니라 나를 돌아보고 바꾸는 데서
출발해야 합니다.

을 찾을 수 있습니다.

　예를 들어 남자는 결혼하면 부모의 자녀, 즉 한 어머니의 아들이라는 위치에서 떨어져 나와 새로운 가정을 꾸립니다. 쉽게 말해서 엄마의 가게에 소속돼 있던 멤버십에서 탈퇴해서 새 가정의 멤버십에 가입해야 합니다. 한 여인의 남편이라는 입장을 확실하게 하고 한 어머니의 아들이라는 입장은 정리를 해야 합니다. 그런데 고부 갈등이 있을 때 남자가 중간에서 해결한답시고 아내에게 "당신이 이해해라" 하면 아내는 남편이 어머니 편을 드는 것 같아서 싫어합니다. 또 남자가 어머니에게 가서 아내 편을 들면 어머니는 아들을 뺏긴 것 같아서 서운해합니다. 그러니 한 여인의 남편 입장을 분명히 하고 난 후 과거에 한 여인의 아들이었음을 잊지 않고 늘 고맙게 생각해야 합니다.

　그러면 아내 입장에서는 어떻게 해야 할까요. 어쨌든 남편을 사랑해서, 괜찮다고 생각해서 결혼했으니 그 사람을 누가 만들었는지 생각해야 합니다. 시어머니가 낳아서 그때까지 키웠는데, 어느 날 며느리가 들어와 자신이 애지중지 키운 아들을 빼앗았으니 그 시어머니의 심리 상태가 어떨지 이해할 필요가 있습니다. 그래서 항상 두 가지 마음을 가져야 합니다. 하나는 '잘 낳아 잘 키워 주셔서 감사합니다' 하는 고마운 마음을 내고, 다른 하나는 '당신 아들을 내가 빼앗아서 죄송합니다' 하는 마음을 가져야 합니다. 어머니가 질투하듯이 약간 트집을 잡아도 감사한 마음과 죄송한 마음을 내면 갈등이 커지지 않습니다.

시어머니는 어떻게 해야 할까요? 결혼해서 가정을 꾸린 자식은 이제 마음에서 떠나보내야 합니다. 계속 '내 자식인데', '내가 어떻게 키웠는데' 하는 생각을 하고 있으면 자식에게 서운하고 며느리도 미워집니다. 자식을 결혼시키고 나면 그들은 그들대로 살아가도록 놓아 주어야 합니다. 이제는 자식에 대한 기대를 내려놓고 홀가분하게 자기 인생을 살려고 노력해야 합니다.

어머니는 어머니대로, 아들은 아들대로, 며느리는 며느리대로 자신이 해야 할 바를 살피고 놓아주는 마음을 가지면 크게 갈등을 일으킬 게 없습니다. 그런데 제 법문을 듣고 자기 자신을 살피는 게 아니라 자기에게 유리한 대로 적용해서 남편은 아내에게 이렇게 이야기합니다.

"시어머니에게 죄송하고 감사한 마음을 가지라고 하셨잖아."

또 아내는 남편에게 이렇게 자기주장을 폅니다.

"스님이 회원 탈퇴, 가입을 분명하게 하라고 하셨잖아."

갈등은 자기를 살피는 데서 출발해야 하는데 상대가 먼저 바뀌기를 기대하면 문제는 해결되지 않습니다. 오히려 분란이 커지고 갈등만 깊어지게 됩니다. 너그러워지고 이해심이 깊어지고 성숙해지는 것은 바로 내가, 내 인생이 그렇게 변화하는 겁니다. 그래서 인연의 매듭을 푸는 것은 상대를 바꾸려는 것이 아니라 나를 돌아보고 나를 바꾸는 데서 출발해야 합니다.

"아내에 대해 이해하지 못하는 마음, 미움, 괴로움, 분노 같은 게 남아 있습니다."

이혼 조정 중인 남편의 이야기입니다. 처음보다 마음이 많이 안정됐지만 아직도 상대에 대해 부정적인 감정이 남아 있다는 거예요.

부부가 살다가 이혼할 수도 있습니다. 이혼하고 안 하고가 중요한 게 아니라 왜 이혼에 이르렀는지 자신을 잘 살펴보는 게 중요합니다. 그래야 나중에 다른 사람을 만났을 때 같은 실수를 반복하지 않을 수 있습니다.

결혼 생활에서 가장 크게 갈등을 빚는 것이 서로 자신이 옳다는 고집입니다. 배우자가 "너 고집이 세다"라고 할 때 본인은 고집이 센 줄 모릅니다. 본인은 자기 얘기가 옳다 싶어서 하는 거니까요. 그래서 "내가 고집을 피우는 게 아니야. 나는 그냥 내 생각을 얘기하는 거야"라고 대응합니다.

"너는 화를 많이 내고 짜증도 많아." 그러는 배우자의 말에 대체로 이렇게 대꾸합니다. "내가 왜 화를 내겠어? 내가 언제 짜증을 냈어? 네가 화를 내니 나도 낸 거지." 자신이 감정을 어떻게 표현하고 행동하는지 잘 모르기 때문입니다.

만약 이분의 부인에게 "남편이 이해심이 있나요? 아니면 자기 생각이 좀 강한가요?"라고 물어보면 뭐라고 대답할까요. 부인은 아마도 "고집이 엄청 세요"라고 할 겁니다. 또 "남편이 이기적인가요, 헌신적인가요?" 물으면 뭐라고 대답할까요. 아마도 이기적이라고 할 겁니다.

이처럼 내가 아는 나와 다른 사람 눈에 비친 나는 서로 다릅니다. 물론 어느 것이 더 객관적인지는 잘라 말할 수 없습니다. 그래도 상대편에게 비친 게 조금 더 객관적 현실에 맞는다고 볼 수 있습니다.

《스님의 주례사》에서 상대를 만날 때 덕 보려는 마음 때문에 괴로움이 생긴다고 했습니다. 상대에게 덕을 보려는 게 잘못됐다는 게 아니라, 덕을 보면 반드시 갚아야 하는 게 인과임을 알아야 한다는 겁니다. 돈을 빌려 쓰면 내 수입은 없는데도 많이 쓸 수 있잖아요. 그렇지만 나중에 빚을 갚아야 하는 과보가 따릅니다. 내가 덕을 보면 상대는 손해가 났다고 생각하기 때문에 그 대가를 상대가 다시 요구하게 된다는 거예요.

그래서 덕 보려는 마음을 버리든지, 아니면 덕 보려는 마음이 있음을 알아차리라는 겁니다. '내가 약간 덕 보려고 하는구나.' 내가 고집을 부릴 때 이렇게 알아차려야 합니다. '내가 지금 고집하고 있구나.' '내가 고집을 부리면 저 사람이 좀 답답해할 거야.' 이렇게 내가 알고 있어야 한다는 겁니다. 그렇게 되면 상대가 "당신은 이기적이야!"라고 할 때 "그래요, 내가 좀 이기적이지요" 하고 상대의 의견을 수용합니다. 그러면 소통이 됩니다.

내가 이기심을 다 버리고 고집을 다 버려야만 소통이 되는 게 아닙니다. 내가 고집을 부리면서도 고집하는 줄 모르고, 이기적이면서도 이기적인 줄 모르면, 상대가 "이기적이다"라고 할 때 "나만 이기적이냐? 너는 이기적이지 않냐?" 이렇게 되받아치거나 "내가 왜 이기적이냐?"라고 화를 냅니다. 또 "넌 고집이 세다"라고 하면 "내가 왜 고집이 세냐?"고 하거나, "그럼 나만 세고 너는 안 세냐?" 하는 식으로 맞섭니다. 이런 식으로 물타기를 하면 대화가 안 되고 서로 상처만 입습니다.

모든 인간이 다 이기적입니다. 이것을 인정하고, 내가 이기적이라는 것에 동의하면 대화가 됩니다. 예를 들어 내가 누구에게 전화할 때는 대체로 무언가 도움이 필요해서 합니다. 열 통 중에 아홉 통, 어쩌면 열 통 다 뭘 물어보든지 무언가 요구할 게 있어서 전화를 합니다. 별일 없이 "어떻게 지내냐?", "내가 뭐 도울 일 없니?" 이렇게 물어보는 전화를 먼저 하는 경우는 거의 없습니다.

이걸 인정하면, 상대가 나에게 전화할 때도 뭔가 부탁이 있어서라는 것을 당연히 받아들일 수 있습니다. 그런데 우리는 '쟤는 꼭 저 필요할 때만 연락한다'고 생각합니다. 바로 이런 데서 갈등이 생겨납니다. 그러나 내가 이기적이라는 것을 수용하면 상대가 이기적인 것을 비난하지 않게 됩니다.

상대가 자기 필요에 따라서 전화를 했고, 상대가 요구하는 것을 내가 도와주면 상대도 고맙게 여깁니다. 도움을 요청할 때 귀찮은 건 사실이지만, 또 다른 측면에서는 내가 그 사람보다 역량이 더 크거나 유리한 고지에 있다는 걸 말하는 것이기도 합니다. 그런데 그걸 귀찮게만 생각하고 막아 버리면 내 역량이 제대로 쓰이지를 못합니다. 그래서 전화가 오고 도움 요청하는 것을 귀찮게만 생각할 필요는 없다는 거예요.

서로에게 부정적인 부부도 같이 살든 안 살든 그 결정은 자기 마음대로이겠지만 상대를 미워할 이유는 없습니다. 남편이 부인을 '문제 있다. 이기적이고 고집이 세다'고 생각하지만, 부인도 남편을 그렇게 느끼니까요. 그리고 남편이 떠난 그 부인도 딴 남자가 좋다고 만날 거고, 부인이 떠난 그 남편도 딴 여자가 좋다고 만날 거예요. 그렇기 때문에 상대가 좋고 나쁜 게 아니에요. 내 요구에 안 맞기 때문에 내 감정에 나쁘게 느껴질 뿐, 그 사람 자체가 문제는 아니라는 거예요.

그러니까 헤어지더라도 상대를 미워해서 지난 시간을 상처로 만들지 않는 게 중요합니다. 같이 살아도 미워하면 안 되고 헤어져도 미워하지 않아야 합니다. 미워하면 같이 산 내 인생을 낭비한 게 되니까, 헤어지더라도 고맙다고 참회의 절을 해야 합니다. 그 여자 없었으면 지금까지 총각으로 살았을지도 모르는데 그래도 그 사람 덕에 외롭지 않았잖아요. 앞으로 이혼하더라도 또 결혼하면 되고, 함께 산 시간은 내 인생의 경험이 될 수 있습니다. 그 여자를 미워하면 결혼 생활이 상처로 남지만, 그 여자에게 고맙다고 할 때는 그 시간이 경험이자 자산으로 남게 된다는 겁니다.

그동안의 삶을 소중하게 받아들여야 재혼을 하든 혼자 살든 앞으로 인생에 나쁜 영향을 안 줍니다. 그러나 상처로 간직하고 있으면 다음에 누군가를 만났을 때 선입관으로 작용합니다. 전 부인과 조금만 비슷한 행동이나 성향을 보이면 '또 문제가 생길 거 아닌가?' 하는 두려움을 갖게 되고 그러한 감정은 관계에 부정적인 영향을 끼칩니다. 겉으로는 이별의 과정에 별문제가 없어 보이지만 무의식의 세계에는 상처로 남기 쉽습니다.

이것을 치유하는 방법은 두 가지입니다. 하나는 상대에 대한 참회입니다.

'나하고 산다고 당신 정말 고생 많이 했다. 정말 미안하다.'

또 하나는 감사입니다.

'그래도 3년간 살아 줘서 내 삶에 좋은 경험이 됐다.'

이 두 가지 기도를 해서 감사와 참회가 진짜 가슴에 다가오면 내 속에 있던 상처가 아뭅니다. 그래야 새로운 사람을 만나도 두 번 다시 같은 실수를 하지 않습니다. 과거는 참회와 감사 기도로 털어 버리고, 새로운 삶을 희망으로 준비해 가는 게 좋습니다.

더 사랑해서가 아니라
더 기대해서 외로운 것

　결혼하고 1년쯤 지나면 신혼도 끝나고 사랑의 감정도 조금은 식는다고들 합니다. 그런데 결혼한 지 23년이 되었는데도 남편만 보면 가슴이 뛰고 긴장된다는 부인이 있습니다. 남편을 쳐다만 봐도 좋은데, 한편으로는 남편에게 계속 신경 쓰는 자신이 싫고 괴롭다는 겁니다.

　"남편이 취미로 찍은 코스모스, 들국화 사진을 보면서 정신이 번쩍 들었습니다. '남편은 자기 생활을 하고 사는데, 나는 뭐 하는 사람인가?' 하면서 부러움과 질투심이 밀려왔습니다. 남편이 돈을 가져가도 화가 안 나고 어디를 가도 화가 안 났는데, 지난 가을 남편이 찍은 꽃 사진을 보면서부터 이제 사랑의 끈을 놓고 싶어졌습니다."

　어떻게 해야 남편을 덜 사랑하고 자기 자신을 사랑할 수 있을지, 자유로운 마음을 갖게 도와 달라고 했습니다. 그런데 단지 남편을 더 사랑하는 게 싫어서 자유로워지고 싶은 걸까요? 남에게 사랑받

내가 기분이 좋은 것은
바다가 나를 좋아하기 때문이 아니라
내가 바다를 좋아하기 때문입니다.

으려고만 하면 자기가 원하는 것이 이뤄지지 않아서 항상 괴로움에서 허우적거립니다. 현명한 사람은 자기가 사랑을 받으려면 먼저 사랑을 해야 하고, 칭찬을 받으려면 먼저 칭찬해야 한다는 것을 압니다. 그래서 자기가 먼저 사랑하고 자기가 먼저 칭찬하기 때문에 상대방에게 사랑받고 칭찬받습니다. 그러면 괴로움이 적고 즐거움이 크지만 완전한 행복에 이르지는 못합니다. 왜냐하면 내가 사랑을 했는데도 상대방이 나를 사랑하지 않을 가능성도 있기 때문입니다.

그럼 완전한 행복에 이르려면 어떻게 해야 할까요? 베푸는 마음만 내고 기대하는 마음이 없어야 합니다. 내가 상대방을 도와주었는데 상대방이 나를 안 도와줄 때의 실망감과, 내가 상대방을 도와주지 않아서 상대방도 나를 안 도와줄 때의 실망감은 다릅니다. 내가 도와주고도 도움을 못 받았을 때 실망감이 훨씬 더 큽니다. 내가 베푼 만큼 받을 것을 기대하는 사람은 자기가 베푼 만큼 받으면 괴로움이 적지만, 베풀고도 못 받는 경우에는 괴로움의 깊이가 베풀지 않은 사람보다 훨씬 더 큽니다. 그래서 '사랑은 미움의 씨앗'이라고 합니다. 사랑하지 않는 사람은 미워할 일도 없지만 사랑하는 사이에는 철천지원수도 생깁니다. 자기를 낳아 키워 준 부모, 친했던 친구, 사랑하고 좋아했던 사람을 미워하는 것도 바로 기대하는 마음 때문입니다.

사랑한다고 말하지만 엄격하게 말하면 사랑받는 데서 행복을 찾는 겁니다. 사랑을 주면서 준 만큼 받으려는 거예요. 사랑을 주면 받을 확률은 높지만, 혹시 못 받게 되었을 때는 '받지도 못할 사랑을 내가 무엇 때문에 줬나' 하는 배신감에 괴로워지는 겁니다. 결국 사랑하던 마음이 미움이 되고 실망하는 마음으로 바뀌는 것은 무엇을 얻기 위한 수단으로 사랑을 베풀 때 일어납니다.

남편이 코스모스를 좋아하는 거나 내가 남편을 좋아하는 거나 같은 겁니다. 그런데 코스모스를 좋아하는 남편은 괴롭지 않은데 남편을 좋아하는 나는 왜 괴로울까요? 남편은 코스모스에게 '내가 너를 좋아하니 너도 나를 좋아해라' 하지 않습니다. 그런데 부인은 남편을 좋아하니까 남편도 나를 좋아해야 한다는 요구가 있고, 그 요구가 충족되지 않으니 실망하고 괴로운 거예요. 그래서 '나 혼자 이렇게 좋아해야 하나?' 하며 힘들어하는 겁니다.

남편을 그냥 좋아하면 돼요. 설악산에 다섯 번, 여섯 번 갔는데 설악산이 나 좋다는 얘기를 한 번도 안 한다고 '이제 설악산 안 갈래' 하는 얘기하고 똑같습니다. 왜 내가 설악산에 매여 살아야 합니까? 남편은 자신에게 '코스모스를 계속 좋아해야 하나?' 이런 질문을 안 하잖아요? 그것처럼, 남편을 좋아하되 남편에게 사랑을 기대하는 마음을 내려놔야 문제가 풀립니다.

남편도 아내가 자기를 좋아하면 좋지만 좀 지나치면 귀찮을 수 있습니다. 할머니가 손주를 사랑한다고 밥상을 차려 주고 "요것도 먹어 봐라, 저것도 먹어 봐라" 하면서 자꾸 입에 넣어 주면 어떨까요? 할머니가 정성을 쏟는 건 알지만 갈 때마다 그러면 귀찮아서 나중에는 할머니와 밥을 같이 안 먹으려고 합니다.

남편을 좋아하는 감정에는 아무 문제가 없습니다. 내가 좋아서 할 뿐이지 남편을 위해서 하는 것은 아니라는 거예요. 남편에게 맛있는 음식을 해 주고 싶은 것은 내가 좋아서 그럴 뿐이니까 상대에게 나처럼 똑같이 좋아하라고 요구해서는 안 된다는 겁니다.

그러니까 이렇게 생각해야 합니다.

'내가 꽃을 좋아할 수 있어서 좋은 것처럼 내가 좋아할 수 있는 남편이 있어서 참 좋다. 남편한테 고맙다.'

이 부인은 남편 없으면 못 견딜 사람입니다. 남편 때문이 아니고 좋아할 대상이 없어서예요. 남편이 어디 가고 없을 때 힘든 것도 남편을 내가 보고 싶을 때 못 보기 때문에 힘든 겁니다. 그러니까 '그만 좋아하겠다'라는 마음 대신 '좋아할 수 있는 당신이 있어서 정말 감사합니다' 이렇게 기도하면 감정이 더 절제가 되고 편안해집니다.

바다를 보면 기분이 좋습니다. 그럼 바다가 기분 좋은 걸까요, 내가 기분이 좋은 걸까요? 내가 기분 좋은 겁니다. 내가 기분이 좋은 것은 바다가 나를 좋아하기 때문이 아니라 내가 바다를 좋아하기 때문이에요. 산은 그냥 산이고 바다는 바다고 하늘은 하늘일 뿐입니다. 내가 이런 것들을 좋아하기 때문에 그냥 바라는 것 없이 좋아하고 행복해하는 겁니다.

　바라는 것 없이 어떤 사람을 사랑하면 그가 나를 좋아하지 않아도 내가 그 사람을 좋아하기 때문에 그를 보는 것만으로도 행복해집니다. 기대 없이 좋아해 보세요, 바다를 사랑하듯이 신을 좋아하듯이.

마음이 아픈 아들,
엄마는 간호사

제가 '스무 살이 넘은 아이들은 부모에게서 독립해야 한다'고 자주 말합니다. 아들이 어렸을 때 남편과 이혼하고 자식들을 키운 어머님이 질문했습니다. 딸은 모두 결혼을 했는데 아들은 대학교 이후 사회생활을 못하고 방에서만 지내고 있고, 엄마랑 대화도 피하고 해서 먹을거리만 챙겨 주면서 아들과 떨어져 살고 있다고 했습니다. 자식이 스무 살이 넘으면 자기 인생을 살도록 참견하지 말라고 한 것을 듣고, 이런 아들을 위해 할 수 있는 게 무엇인지 물었습니다.

그런데 이 아들은 정신질환을 앓고 있는 환자입니다. 환자에게 '스무 살이 넘었으니 독립을 해야 하지 않느냐'라고 요구하면 안 됩니다. 이런 말은 정상적인 사람에게 해당하는 것인데 이 아들은 지금 정신질환자잖아요.

우선 병원에 가서 치료를 받는 것이 가장 중요합니다. 그렇다고 '병원 치료를 받으면 바로 나을 것이다' 이렇게 생각하면 안 됩니다.

병이 낫는 것만이 치료가 아니에요. 더 이상 악화하지 않고 현상을 유지할 수 있게 하는 것도 치료입니다. 병이 낫는 것만 치료라고 생각하면 효과가 없다고 치료를 중단하기 쉽습니다.

우울증과 같은 정신질환은 아주 초기에 발견해서 치료를 하면 낫는 경우가 많습니다. 그러나 이미 만성화된 질환은 더 악화하는 것을 막는 치료를 해야 합니다. 자살을 시도하는 것과 같은 극단적 선택을 미리 막는 것이 가장 중요해요. 약을 먹으면 극단적 선택은 거의 하지 않습니다. 그러나 약을 안 먹으면 어느 순간에 돌발 사태가 일어날 수 있어요. 그래서 병원 치료를 받아야 하는 것입니다.

만약 본인이 병원 치료를 거부한다면, 법률로 환자의 인권을 보호하고 있기 때문에 보호자 독단으로 강제 입원을 시킬 방법은 없습니다. 본인이 다른 사람에게 위해가 되는 행동을 하면 강제 입원을 시킬 수 있지만, 그러지 않는 한 본인이 동의하지 않으면 입원시킬 방법이 없어요.

지금은 아들이 그런 발작 증세를 보이는 것도 아니고, 그저 방에 가만히 들어앉아 있는 것이니까 발작을 일으키는 것에 비하면 좋은 상태예요. 그러니 걱정할 필요가 없어요. 가만히 놔두면 됩니다.

가만히 놔두면 두 가지 중 하나로 진행됩니다. 조금씩 자연 치유가 되어서 4년에서 5년쯤 지나면 스스로 밖으로 나오는 경우가 있고, 아니면 더 악화하여 발작 증세를 보이는 경우가 있어요. 어느 쪽이든 좋은 일입니다. 발작 증세를 보이면 강제 입원을 시킬 수 있게 되고, 점점 나아져서 스스로 밖으로 나오면 치유가 어느 정도 되어 가고 있는 것이기 때문입니다.

'어떤 상황에 처해도 나는 행복하게 살 권리가 있다'는 관점에서 보면 어느 쪽이 되든 걱정할 필요가 없습니다. 병원에 데려갈 수 있으면 데려가는 게 최선이고, 병원에 안 가겠다고 하면 진행되는 상황을 지켜보고 있다가 그에 맞게 대응하면 됩니다. 어떤 경우든 나는 걱정할 필요가 없습니다.

부모가 지금 할 수 있는 일은 관점을 바꾸는 것입니다. 아들과 같은 집에 있어도 괜찮아요. 다만 '다 큰 아들 뒤치다꺼리를 내가 다 해 준다' 이렇게 생각해서는 안 됩니다. 아들은 지금 환자이기 때문에 부모가 집에서 하는 역할은 다 큰 아들을 돌보는 게 아니라 환자를 돌보는 거예요.

그런데 이 경우는 환자이긴 해도 손발을 다친 환자와는 달라서, 돌본다고 해도 기본적인 것만 딱 해 주고 나머지는 부모가 일절 간섭을 안 해야 해요. 걱정도 하지 말고 간섭도 하지 말아야 합니다. 그냥 아들이 좋을 대로 하게 해 줘야 해요.

"언제든지 너 좋을 대로 해라. 음식이 필요하면 얘기만 해라. 엄마가 해 줄게" 이렇게 말하고 아들이 딱 필요하다는 것만 해 주면 됩니다. 엄마가 알아서 먼저 "이러저러한 게 필요하지 않느냐"고 하면 아들은 엄마를 귀찮게 여길 것이고, 반대로 해 달라는 걸 안 해 주면 엄마가 자기를 버렸다고 생각할 겁니다.

지금 이 아들은 자기만 집에 놔두고 다들 집 밖에 나가 버렸다고 느끼고 있을 가능성이 높습니다. 누나가 시집가고, 엄마가 따로 사는 것을 아들은 자기를 버렸다고 느낄 거예요. 그런 상태에서 엄마가 집에 올 때마다 잔소리를 하면 '나를 못살게 군다' 이렇게 생각하게 됩니다.

그러니 딱 해 달라는 것만 해 줄 뿐 일절 간섭하지 말아야 해요. 엄마라는 생각을 탁 버려 버리고 그냥 간호사라고 생각하는 게 좋습니다. '이 아이는 환자이고 나는 간호사다'라는 관점을 가져야 합니다.

그래도 몸이라도 건강하니 얼마나 다행입니까. 자기 손으로 밥을 먹을 수 있고, 용변도 혼자 힘으로 보니 얼마나 고

마운 일입니까. 그러니 '어떻게 해 주세요' 부탁하는 기도를 하지 말고 '부처님, 감사합니다' 이렇게 감사 기도를 해야 합니다.

자식이 이렇게 힘들어하는 데는 부부간의 갈등이나 부부가 이혼하는 과정에서 어떤 마음의 상처를 받은 것이 원인일 수 있어요. 그렇다고 죄의식을 가지라는 말이 아닙니다. '그래, 네가 이런 어려움을 겪는 데는 내 잘못도 있구나. 그러니 네가 병원에 가거나 나을 때까지 내가 간호사 역할을 하겠다.' 이렇게 딱 마음을 먹으면 됩니다. 회피하거나 도망가려고 하지 말고 오히려 적극적으로 임하는 게 좋습니다. 그리고 항상 '그래도 이만하기 다행입니다' 하면서 감사 기도를 해야 합니다.

행복을
구걸하지 마라

아직 어린 아이들을 위해서라도 가정을 지키고 싶은데 남편이 이혼을 강하게 요구한다면 어떻게 해야 할까요? 울면서라도 매달려 남편 마음을 돌려야 할까요? 아니면 훌훌 털고 이혼을 해야 할까요?

"남편의 무리한 사업 확장으로 경제적 파탄이 왔고, 가정에 소홀한 남편 때문에 우울증으로 힘들게 살아왔습니다. 그러나 작년부터는 제가 스님 법문도 듣고 많이 노력했는데, 남편은 이혼을 요구하며 집을 나갔습니다. 저는 남편이 돌아올 날만 기다리며 최선을 다했어요. 그런 노력 덕분인지 저나 아이들 마음은 편안해졌습니다. 하지만 남편은 다시 이혼을 요구하고 애들 문제는 상의해서 결정하자고 합니다."

이 부인은 가족의 상처를 치유하기 위해 노력했는데 물거품이 되었다면서 눈물을 흘렸습니다. 지금 이 부인의 괴로움은 한 가지에서 비롯되었습니다. 바로 남편이 바뀌기를 바라는 마음이에요. 남편을 있는 그대로 두고도 내가 마음이 편안해야 하는데, 기도의 전제가 '이렇게 하면 남편이 바뀔 거다'라면 남편의 태도에 따라 내 삶이 흔들립니다. 남편을 이해하고 불쌍히 여기면 내가 편안한데, '이렇게 하면 언젠가는 남편이 바뀔 거다' 생각하면 내가 괴로워집니다. 그러니까 남편이 안 바뀌고 와서 이혼하자고 하니 울먹거리는 거예요. 바로 남편에게 매여 있어서입니다.

재판도 내가 이혼하자고 하면 불리하지만, 남편이 하자고 하면 나는 아무 걱정을 안 해도 됩니다. 이혼 서류도 남편이 꾸며야 하고, 변호사비도 남편이 대야 하고, 날짜도 남편이 잡아야 하니까 나는 신경 쓸 게 없습니다. 재판정에 가더라도 웃으면서 "저는 남편을 사랑합니다. 재판장님, 우리 가정을 지켜 주세요" 하고 얘기하면 판사가 다시 돌려보냅니다.

그래도 남편이 자꾸 이혼하자고 하면 상황을 봐서 결정해도 됩니다. 예를 들면 재산을 다 줄 테니까 하자든지 자기가 답답하면 조건을 내걸 테고, 그때 봐서 괜찮겠다 싶으면 이혼해 주면 됩니다. '인간이 저럴 수가 있나. 내가 어쩌다가 저런 인간을 만났나.' 이런 생각을 하면 나만 힘들고 잠도 못 자고 괴로워집니다.

그러니까 남편은 내버려두고 아이들과 함께 잘 살면 됩니다. 아이들이 "아빠가 왜 안 오느냐?"고 하면 "아빠가 요새 좀 힘드신가 보다. 우리 아빠를 위해서 기도하자" 이렇게 아이들을 다독이면서 생활하는 겁니다. 요즘같이 여자의 권리가 다 보장되는 좋은 시대에 울고불고 매달려 살 것도 없고 남편 욕할 필요도 없습니다.

자기중심이 안 잡혀서 남편이 어떻게 나오느냐에 따라 자신의 행불행이 결정되는 겁니다. 하지만 방황하는 남편을 위해서는 '얼마나 힘들고 답답하면 저럴까. 불쌍하구나' 하는 마음을 내고 이렇게 기도하면 좋겠습니다. '우리 남편, 잘 살아갈 겁니다. 저는 당신을 사랑합니다.'

그렇다고 남편이 바뀌기를 바라거나 돌아와서 결합해 주기를 원하면서 행복을 구걸하는 인생은 버려야 합니다. '아무 문제 없다'는 당찬 마음으로 중심을 잡아야 내 얼굴도 밝아지고 아이들도 잘 키울 수 있습니다.

부부가 살다 보면 배우자가 병원에 입원하는 일도 생기고 간병해야 할 일도 생깁니다. 평소 사이가 좋았던 부부라면 성심껏 간호를 하겠지만, 갈등이 많았던 부부라면 간병으로 겪는 괴로움이 크기 마련입니다.

"남편이 몇 년 전부터 뇌경색과 암 등으로 몸이 불편해져서 병원에서 치료 중입니다. 그동안 남편이 안 좋은 모습을 많이 보였기 때문에, 아이들을 위해서도 헤어져야 한다고 여러 번 생각했습니다. 이제는 아이들을 키워야 하고, 남편 뒤치다꺼리할 여유도 없고, 미래도 안 보여서 남편에게서 벗어나고 싶습니다. 아이들도 이혼하기를 원하고요."

남편이 아파 누워서 돈 들여 치료해야 하고 간호도 해야 하는 데다 아이들까지 키워야 하는 처지라면 힘이 많이 들 겁니다. 더군다나 사이도 좋지 않았는데 병간호까지 하려면 갈등이 많을 거예요.

하지만 지금 이 부인의 처지를 위로해 준다고 해결될 일이 아니고, 조금 아프더라도 따갑게 얘기를 하자면, 그런 마음으로 아이를 키우면 아이들이 훌륭한 사람이 되기 어렵습니다.

아이들도 부모가 이혼하기를 바란다고 하는데 그건 아이들이 아직 어려서 그렇지, 크면 달라집니다. 어릴 때 부모가 싸우면 아이들은 보통 엄마 편이 됩니다. 그러나 나중에 크면 아버지만 문제가 있는 게 아니라 엄마도 문제가 있다는 것을 알게 됩니다.

지금 아버지가 병석에 있고 성질도 내니까 아이들도 "이렇게 살 필요가 있냐"라고 할 수 있지만, 나중에는 엄마가 아버지를 버린 것에 대한 원망과 엄마가 자기를 키워 준 고마움 사이에서 애증이 반복됩니다. 그러면 아이들의 정서가 편안할 수가 없습니다.

부부 사이가 좋지 않았다 해도 한집에서 살았고 또 아이들 아버지니까 '내가 당신을 돌보겠다'는 마음을 내는 게 좋습니다. 그 사람이 짜증 내도 '얼마나 아프면 짜증을 내겠나, 일이 있어서 늦게 왔지만 혼자서 기다리니 얼마나 짜증이 나겠나' 하면서 오히려 달래 주고 위로하면 그것이 공덕이 됩니다. 이런 마음을 내는 엄마 밑에서 자란 아이들은 돈이 없어서 중고등학교만 다녔다 해도 훌륭한 사람이 됩니다. 그런데 남편을 버리고 자식들을 대학까지 공부시키고 유학을 보낸다 해도 그 아이의 인생은 행복해지기 어렵습니다.

혹시라도 아이들 앞에서 남편이 화를 내고 짜증을 낼 때 엄마는 아이들에게 이렇게 말하는 것이 좋습니다.

"너희도 아파 봐라. 몸이 아프면 다 저렇단다. 아빠가 나쁜 게 아니라 몸이 아파서 그래."

이렇게 이야기하면 아이들이 아버지를 이해하고 엄마의 넓은 마음을 느끼면서 인성이 갖춰집니다. 이것이 아이들을 훌륭하게 키우는 진짜 교육입니다.

지금은 남편 간병하면서 '내가 전생에 무슨 죄를 지어서 이런 신세가 되었나' 하는 생각이 들지도 모릅니다. 하지만 마음을 돌이켜 성심껏 간병해서 복을 짓는 것이 나중에 자식에게 복으로 돌아온다는 것을 시간이 지나면 알게 됩니다.

한 부인은 남편이 뇌출혈로 쓰러져 인지 장애로 초등학교 1학년 수준이 되었다며 하소연을 했습니다. 자신도 암 4기라 보호를 받아야 할 상황인데 남편을 돌보는 게 힘들어서 놔 버리고 싶다는 겁니다.

물론 자기 몸도 안 좋은데 남편까지 돌보는 것은 힘이 들 수 있습니다. 그런데 이 부인이 한 가지 모르는 게 있어요. 뭔가 보람 있는, 자기가 할 수 있는 일거리가 있기 때문에 자신의 생명이 연장되고 있다는 걸 모른다는 겁니다. 남편 때문에 내가 더 빨리 죽는 게 아니라 오히려 남편을 돌보는 일거리가 있기 때문에 죽음에 대한 두려움, 아픔, 외로움도 극복할 수 있는 거예요.

집에 가만히 있으면 더 오래 살고 잘 살 것 같지만 사람은 조금 힘들더라도 일이 있어서 움직여야 훨씬 건강하고 오래 삽니다. 지금 암 4기이기 때문에 몸조심한다고 늘 끙끙대고 집에 혼자 있으면 더 우울해지고, 죽음에 대한 두려움도 더 커지고, 건강은 더 급속도로 나빠집니다.

오히려 나보다 더 아픈 사람을 도와주고 간호라도 해 주면 자기 삶에 보람이 생깁니다. 내가 누군가를 위해서 일하면 이 생명은 더 살려고 작용을 합니다. 그래서 지금 그 덕에 살고 있는 건데 그걸 모르고 어리석은 생각을 하는 거예요.

'감사합니다. 오늘도 살았네요. 이렇게 살아 있게 해 주셔서 감사합니다. 제가 돌보는 역할을 할 수 있어서 감사합니다. 생명이 붙어 있는 마지막 순간까지 누군가를 돌보는 그런 사람이 되겠습니다.' 이렇게 좋은 마음을 내야 나중에 좋은 일이 생깁니다.

남편에 대해 '전생에 악연이었나?' 하는 생각은 할 필요가 없습니다. 지금 잘하면 선연이 되고 지금 나쁘게 하면 악연이 되는 거예요. 물론 지금은 좀 힘들겠지만 돌보는 마음을 내서 남편을 따뜻하게 감싸 줄 때 나에게 진정한 행복이 옵니다. 짧은 힘듦 끝에 긴 행복이 옵니다.

형제들과 치매 부모를
모시려면

　질병 중 본인이든 가족이든 가장 피하고 싶은 병이 치매일 것입니다. 그런데 우리 사회는 급격한 고령화로 인해 치매 환자 수가 늘고 있고 앞으로도 더 늘 수밖에 없습니다. 2023년 65세 이상 인구 중 10퍼센트가 넘는 98만 4000여 명이 치매 환자라고 합니다.

　치매는 스스로 치료할 수 없고 가족들이 돌보는 데도 한계가 있어, 우리나라에서는 2017년부터 치매국가책임제를 시행하고 있습니다. 치매 환자로 인한 비용 부담, 일상을 무너뜨리는 돌봄 등으로 고통을 겪는 가족을 위해, 더 이상 치매 치료와 돌봄을 가족에게 부담시키지 않고 국가에서 책임을 맡아 지원하는 것입니다. 노인요양 시설이 생겼고 국가는 장기요양보험 제도를 운영하고 있습니다.

　치매 치료와 돌봄에 대한 사회안전망이 생겨 안심되고 한결 부담을 덜지만, 그래도 여전히 요양 시설 아닌 집에서 가족과 함께 지내기를 원하는 치매 부모가 많고, 그런 부모님을 내가 집에서 모시는 것이 도리라고 생각하는 자식도 많습니다. 그런데 그럴 여건이 되지 않을 때 갈등이 일어나고 괴로워집니다. 이 문제에 형제들 간 의견이 다르면 갈등과 괴로움은 더 커집니다.

한 질문자가 이렇게 물었습니다.

"친정엄마가 치매인데, 밥을 혼자 드시고 거동에는 문제가 없어 주간보호센터에 다니고 있습니다. 그러나 의사소통이 잘 안되기 때문에 점점 혼자 계시기 힘들 것 같아 삼 남매 중 맏이인 제가 모시려고 합니다. 그런데 저는 어릴 때 학대를 많이 받았던 기억이 있어서 어떤 마음으로 모셔야 할지 여쭙고 싶습니다. 그리고 발생하는 비용은 형제간 어떻게 부담해야 하는지, 모시는 사람이 부모의 집을 가져가는 경우가 많던데 이것이 합당한 것인지도 궁금합니다."

만약 다른 형제가 부모를 모신다면 모두가 N분의 1로 나눠서 부담을 하든지, 부모를 모시는 사람을 빼고 나머지 사람들이 N분의 1로 나눠 부담하는 것이 옳을 것입니다.

그러나 내가 부모를 모신다면 나는 돈을 받을 생각을 하지 말아야 합니다. 부모를 모시는 사람은 '내가 부모를 모시기까지 하니 돈은 형제들이 내야 하지 않느냐'고 생각하기 쉬운데, 대개 형제들은 용돈을 조금 내는 정도는 수용하지만 '네가 모시니까 네가 다 부담해라' 이렇게 생각하기가 쉽습니다. '네가 모셔 주니 고맙다. 돈은 우리가 내겠다' 이렇게 생각하는 사람은 열 명 중에 한 명도 안 된다고 봐야 합니다. 그러니 '내가 부모를 모실 테니 돈은 너희들이 내라'고 말하면 가족 간에 갈등이 생길 가능성이 높아요.

또 어머니가 집이 있거나 유산이라도 있으면, 내가 모신다고 하는 순간 벌써 형제들은 '집을 가져가려고 저러는구나' 하고 오해할 확률이 매우 높습니다. 말로 하든 안 하든 그렇게 생각할 확률이 매우 높아요.

그래서 가능하면 부모가 재산이 있는 경우에는 부모를 안 모시는 게 좋습니다. 숫제 부모가 재산이 아예 없으면 자식으로서 부모를 모시는 것에 대해 아무런 오해 없이 형제간에도 도움을 받을 수가 있습니다. 그러나 부모가 재산이 있으면 내가 아무리 선의로 부모를 모신다고 해도 오해를 받기가 쉽습니다.

부모가 고맙다고 생전에 집을 나에게 증여라도 하게 되면 형제간 우애는 깨집니다. 왜냐하면 형제들은 '결국 집을 가지려고 저렇게 했구나' 이렇게 생각하기 때문입니다.

만약 동생이 어머니를 모셨다고 하면 '네가 어머니를 모셨으니까 집은 네가 가져라'라고 말해도 괜찮지만, 내가 어머니를 모셨을 때는 집을 N분의 1로 똑같이 나눠서 법에 보장된 방식으로 형제들이 가져가도록 해야 합니다. '내가 어머니를 모셨으니까 이 집은 내가 가져도 된다'라고 생각한다면 형제간에 원수가 될 각오를 해야 합니다. 그리고 그것은 법적으로도 보장되어 있지 않습니다.

그래서 지금 같은 상황에서는 부모를 모시지 않는 것이 훨씬 좋습니다. 어머니가 더 이상 혼자서 지내기 어렵다면 형제들과 의논해서 다른 형제가 모시게 하고, 질문자는 재정을 부담하는 게 낫습니다. 그것도 어려우면 요양원에 모시고 자주 면회를 가는 게 나아요.

그리고 질문자가 어머니를 모시게 될 때는 또 다른 위험도 있습니다. 치매에 걸린 사람들은 말을 아무렇게나 하잖아요. 어머니가 툭툭 던지는 그 말에 집착하면 안 됩니다. 그러나 어렸을 때 학대를 당한 경험이 있는 자식은 그때 겪은 트라우마가 반응을 해서 오히려 불행을 자초할 위험이 매우 큽니다. 과거에 부모로부터 학대를 받았다고 해서 부모를 모시지 못할 이유는 없지만, 부모가 치매를 앓고 있기 때문에 질문자의 트라우마를 건드릴 위험이 매우 높습니다. 그래서 가능하면 어머니를 가까이하지 않으면서 돕는 것이 좋아요. 너무 안타까워서 가까이 가면 오히려 관계가 더 나빠지거나 상처를 입게 될 수 있습니다.

자식이 부모를 모셔야 하는 법적인 의무는 없습니다. 그것은 윤리의 문제입니다. 현재 상황으로 봐서는 질문자가 앞서서 시작했다가 나중에 후회할 확률이 매우 높아 보입니다. 그걸 알고 결정하는 게 좋겠습니다.

치매 부모를 돌보는 문제에 대해 형제들 간 의견이 다르면
갈등과 괴로움은 더 커집니다.

나이 들수록 버리기 힘든
마음의 습관

　살면서 가져온 마음 습관은 나이가 들수록 점점 더 굳어집니다. 그래서 노인이 되면 좀체 변하지 않습니다. "아버님, 그게 아니에요. 이렇게 해야 해요"라고 말하면, "응, 알았다" 하시고는 그냥 해 버리십니다. 이건 누구나 늙으면 마찬가지예요. 나이가 들면 하던 생각의 습관대로, 하던 행동의 습관대로, 익숙해진 대로 해 버립니다.

　인간의 사고는 어릴 때는 따라 배우는 것이 특징이라 어딜 가든 유연하게 받아들이고 쉽게 배웁니다. 하지만 늙으면 과거의 생각에 매여 새로운 걸 잘 받아들이지 못하고 배우는 것도 어렵습니다. 그래서 아이는 미국에 1년만 살면 영어를 하는데 어른은 10년 살아도 영어를 잘하기 어렵습니다.

　'나이 들면 잘 변하지 않는다.' 이것이 어른의 성질이란 걸 이해하면 갈등이 줄어듭니다. 그래서 어른들에게는 "이렇게 하세요, 저렇게 하세요." 하면 안 되고 맞춰 줘야 합니다.

자녀들이 시골에 계시는 부모와 갈등을 빚는 것도 부모의 일하는 습관을 이해하지 못해서입니다. "용돈 드릴 테니까 제발 밭에 가서 일하지 마세요." 자식은 부모가 아픈 것이 안쓰러워서 하는 말인데, 부모는 아프다고 하면서도 밭에 가서 일하고는 또 '여기 아프다, 저기 아프다'고 합니다. 그러면 자식은 짜증을 냅니다. "거 보세요, 하지 말라니까 왜 일하고 아프다고 해요."

부모는 밤새도록 아프다고 해 놓고는 아침이면 또 호미, 낫을 들고 나갑니다. 그래서 자식과 갈등이 심한 겁니다. "아프단 소리 하려거든 일하지 마세요. 하려면 아프단 소리를 하지 말든지."

자식 입장에서는 부모가 '무리하지 않고 조심하면 10년 더 살 거 아닌가' 생각해서 하는 말이지만, 10년 더 사는 게 꼭 잘 사는 건 아닙니다. 자기 하고 싶은 대로 살다가 5년 만에 죽는 게 오히려 더 행복할 수 있습니다. 자꾸 내 생각으로 이래라저래라하고 가슴앓이해 봐야 부모는 바뀌지 않고 괜히 내 가슴만 아픕니다. 그러다 내 몸까지 아프면 나만 손해이고 부모에게도 오히려 걱정을 끼치는 일이 됩니다.

부모님이 일하러 가시겠다고 하면 "예, 그러세요" 하면 됩니다. 그걸 보고 안쓰러워서 잔소리만 하지 말고 집에 가면 자식으로서 할수 있는 만큼 일을 도와드리고 오면 됩니다. 그리고 도와주기 싫으면 집에 안 가면 돼요. 그런데 집에 가서 일하는 부모를 도와주지도 않으면서 짜증만 냅니다.

또 맛있는 것 사 드시라고 부모님에게 용돈을 드렸는데 그 돈을 안 쓰고 손주에게 줘 버리면, 그것 가지고 또 갈등을 일으킵니다. 하지만 그 돈을 어떻게 쓰느냐는 부모님의 자유입니다. 그 돈으로 손주를 주든지 술을 사 드시든지 간섭하면 안 됩니다.

나이 든 부모님은 변하지 않는다는 특성을 이해하고, 부모님이 얘기하면 뭐든지 "예, 알았습니다" 하는 게 좋습니다. 그러나 부모가 얘기하는 걸 자식이 다 할 수는 없으니까, 그럴 때는 안 하면 됩니다. 미리 안 하겠다고 싸울 필요가 없다는 말이에요.

"너 다음 주에 와라." "예, 알겠습니다." 그러고 바쁘면 안 가면 됩니다. "이번 주에 바빠서 못 가요, 왜 자꾸 오라 그래요." 이러면서 부모에게 짜증 내지 말라는 겁니다.

"예, 알겠습니다"란 말은 부모님 마음을 알겠다는 거예요. 그래서 내가 특별한 일이 없으면 가고, 일이 있으면 "죄송합니다" 하고 안 가면 됩니다. 내 생각을 고집해서 군이 부모와 다툴 필요가 없어요.

자식이 부모의 건강을 걱정하듯이, 좋은 법을 만나면 부모가 마음 편하기를 바라면서 전해 주고 싶은 마음이 생길 수 있습니다. 좋은 경치를 보면 좋아하는 사람에게 보여 주고 싶고, 맛있는 음식을 먹을 때도 좋아하는 사람에게 먹이고 싶은 것과 같습니다.

"좋은 법문을 들으니 '어머니도 이 법문 듣고 집착을 놓고 생을 마감하셨으면 얼마나 좋았을까' 아쉬운 마음이 생겼습니다" 하는 분이 있었습니다. 좋은 뜻이지만, 그런 생각은 후회를 남기는 것이 됩니다. '내가 법을 조금만 더 빨리 알았더라면', '내가 젊을 때 이 법을 알았으면 얼마나 좋았을까' 하는 것은 자신이 살아온 인생을 후회하고 부정적으로 보는 거예요. 이미 지나간 것은 내려놓고 '지금이라도 이 법을 만나서 참 좋다' 이렇게 생각해야 긍정적이고 미래 지향적이 됩니다.

또 부모에게 좋은 법문을 들려드렸을 때 내가 좋아한 것만큼 좋아하시지 않을 수도 있습니다. 이럴 때 부모를 깨우쳐 줘야겠다고 집착하면 '우리 아들이 공부를 잘했으면 좋겠다', '우리 남편이 돈을 많이 벌었으면 좋겠다', '우리 부모가 유산을 많이 물려줬으면 좋겠다' 하고 욕심부리는 것과 똑같습니다. 대상만 바뀌었지, 집착하는 마음은 똑같은 거예요. 부모가 법문에서 한두 마디 알아들으면 다행이고, 못 알아들어도 듣는 것만으로도 고마워해야 합니다. 부모님이 법문을 듣는 동안에라도 기분이 좀 좋았다면 대성공입니다.

생각이 굳어지고 세상 보는 눈이 좁아져 있으면 눈으로 봐도 보이지 않고 귀로 들어도 들리지 않습니다. 원효대사는 이런 사람들이 무엇을 좋아하는지를 살펴보았다고 합니다. 광대가 춤추고 노래하니까 펄쩍펄쩍 뛰고 좋아하는 걸 발견하고는 그때부터 표주박을 들고 직접 일인 광대극을 했습니다. 그러면서 이 세상의 집착을 끊고 좋은 일이든 나쁜 일이든 나무아미타불을 부르도록 가르쳤습니다.

　부모님의 마음이 편해지도록 법문을 전하는 것도, 나이 든 사람의 특징과 부모님의 근기根機를 잘 따져서 지혜롭게 해야 합니다. 내 생각으로 '이 좋은 걸 왜 안 받아들이지?' 할 게 아니라 조금이라도 쉽게 이해할 수 있는 방법을 찾고, 그렇게 하더라도 부모가 받아들이고 안 받아들이는 것에 집착하지 않는 게 필요합니다.

후회 없이
부모를 모시려면

얼마 전 미국에서 상담을 했는데 이런 질문을 받았습니다.

"미국에서는 유전자 검사를 해서 남자인지 여자인지, 유전 질환은 있는지 없는지, 다 검사해 보고 아기를 가집니다. 이렇게 해서 아기를 가져야 합니까, 안 가져야 합니까?"

그것은 장난감을 고르는 태도입니다. 부모가 자식을 가질 때는 남자아이라도 사랑해야 하고, 여자아이라도 사랑해야 하고, 장애아라도 사랑해야 합니다. 이웃집 아이는 얼굴이 예쁘고 공부를 잘해서 좋아할 수도 있겠지만, 내 아이는 공부를 잘해도 좋아해야 하고, 공부를 못해도 좋아해야 하고, 신체장애가 있어도 좋아해야 합니다. 그게 부모입니다.

부모는 자식이 병들어도 키우고 잘해도 키우고 못해도 키웁니다. 그러니까 늙으신 부모님을 모시는 것도 이래도 보살피고 저래도 보살펴야지, 이러면 조금 나을까 저러면 조금 나을까, 재고 따지는 것은 자식 된 도리가 아닙니다.

부모 모시는 문제로 갈등을 빚을 때 흔히 이렇게 이야기합니다. "맏이가 있는데 왜 내가 해야 해?" "아들이 있는데 왜 딸이 해야 해?" 다른 형제자매가 부모님을 모시고 안 모시고는 그들의 자유입니다. 그럴 때는 내가 하고 싶으면 하고 내가 할 처지가 못 되면 안 하면 됩니다. 그냥 형편대로 하면 되는데 "내가 이렇게 하는데 왜 오빠는 안 하느냐" 하면 갈등만 부릅니다. 또 내가 아무리 마음이 있어도 모실 수 없는 처지면 어쩔 수 없는 겁니다.

"저는 외국에 살고 있습니다. 형제들은 다 세상을 떠나고 아흔셋 어머니가 혼자 한국에 계세요. 어떻게 해야 할지 모르겠습니다." 어머니 연세가 아흔셋인데, 딸이 사는 외국도 싫다, 양로원도 싫다는 겁니다. 멀리 떨어져 있는 자식으로서는 걱정이 될 수밖에 없습니다.

그런데 자식이 보기에는 어머니가 안됐지만, 걱정한다고 해결될 일은 아닙니다. 어머니가 아직 움직일 수가 있으니 혼자 밥해 드시면 되고, 혼자 계시는 것이 걱정되면 경비실이나 이웃집에 매일 아침 어머니 안부를 살펴 달라고 얘기를 해 놓는 것도 한 방법입니다. 아니면 요즘 돈 안 드는 전화나 영상 통화 방법도 많잖아요? 그런 걸 이용해서 매일 안부를 챙길 수도 있습니다. 그러다 어머니가 전화를 안 받든지 하면 비상 연락을 하면 됩니다.

부모가 늙어 가면 자식으로서는 걱정이 되고, 특히 해외에 나가 있으면 더 걱정이 됩니다. 이건 해외에 나간 사람만이 아니라 도시에 사는 자식들도 안고 있는 문제입니다. 시골에 혼자 사는 어머니 아버지가 걱정스럽지만, 도시로 모시고 오면 시골 노인들은 답답해서 못 살겠다고 하고, 그렇다고 자식이 일 그만두고 시골에 가서 살 수도 없어서 양로원에라도 모시려고 하면 노인들은 안 가려고 합니다. "내가 자식이 없는 것도 아닌데 왜 양로원에 가냐"고 반대하는 거예요.

아예 자식도 없고 재산도 없고 아무것도 없으면 정부 보호시설로 가면 되는데, 시골에 사는 노인들은 집도 있고 땅도 있고 자식도 있지만, 실제 생활은 거의 보살핌을 못 받고 있습니다. 이런 독거노인들이 우리 사회에 아주 많습니다.

그러나 이 문제에 대해서는 부모님이 움직이지 못할 정도가 되면 그때는 자식들이 알아서 병원이나 양로원에 모시더라도, 그전에는 부모님의 의사를 물어서 해야지, 그에 반해서 하면 안 됩니다. 자식이 볼 때는 누가 밥을 해 주고 돌보아 주면 아주 좋을 것 같지만, 사실은 본인이 자기 의지로 움직여야 운동도 되고 좋습니다.

부모 모시는 문제는 미리 걱정하거나 형제간에 갈등할 필요가 없습니다. 형편대로 하면 됩니다. 부모가 아프시면 치료하면 되고, 돌아가시면 장례 치러 드리면 되고, 오래 사시면 오래 보살펴 드리면 되고, 혼자서 못하면 형제간에 같이 하면 되고, 아무도 할 사람이 없으면 양로원에 보내 드리면 됩니다. 보내 드리기가 마음 아프면 내가 모시면 됩니다. 그냥 '내 부모니까 내가 모시면 된다', '내가 할 수 있는 범위에서 돌봐 드리자' 이렇게 단순하고 편하게 생각해야 쉽게 해결됩니다.

집착과 외면의
굴레에서 벗어나기

　어떤 것을 유지하고 싶고, 갖고 싶고, 제 뜻대로 꼭 하려 하는 것을 집착이라고 합니다. 예를 들어 낚시하러 가서 큰 물고기가 걸렸는데 힘이 부족해서 도저히 끌어올릴 수가 없다고 해 봅시다. 이때 물고기에 끌려 들어가 물에 빠져 죽을 정도가 되면 낚싯대를 놓아야 하는데, 물고기가 아까워 끝까지 안 놓는 것이 바로 집착입니다. 그러고는 끌려가면서 살려 달라고 아우성을 칩니다. 빨리 놓으라고 하면, "죽어도 못 놓겠다. 이런 기회가 어디 있느냐"고 합니다. 집착에 이끌려 고통에 빠지는 겁니다.

　한편 내 뜻대로 하고 싶은데 내 뜻대로 안 되면 집어치워 버리는 게 있습니다. 바로 외면하는 겁니다. 고기가 안 잡히니까 낚싯대를 집어던져 버리는 것과 같아요. 이것은 낚싯대를 놓는 것과는 다릅니다. 내 뜻대로 안 되니까 던져 버렸다가 며칠 후에 다시 낚싯대를 잡습니다. 이처럼 집착과 외면은 제 뜻대로 하려는 욕망의 다른 표현입니다. 마음대로 하려는 데에 따른, 그때그때 다르게 일어나는 행동일 뿐 그 근원은 같은 애착입니다.

많은 부모가 자식에 대해 집착과 외면을 되풀이합니다. 자식에게 잔소리하는 것은 집착이고, 성질대로 안 되니까 "에라, 공부를 하든 말든 너 알아서 해라. 네 인생이지 내 인생이냐?" 하는 것은 외면입니다. 그런데 집착과 외면을 늘 반복하기 때문에 문제가 해결되지 않고 고통이 계속됩니다.

아들 나이가 서른이 넘었는데 직장도 안 다니고 집에서 게임만 하고 있다고 걱정하는 어머니가 있었습니다. 취업이 되어도 이 핑계 저 핑계 대면서 하루 이틀 다니고 그만두기를 반복하니까 부모로서 잔소리하고 아들과 싸우는 일도 반복되는데, 어떤 기도를 해야 할지 물었습니다.

"누가 낳았나요? 누가 그렇게 키웠나요? 질문자가 낳아서 질문자가 서른 넘게 키웠으니 누구를 닮았을까요?"

"저는 안 닮은 것 같아요. 저는 열심히 살았는데 아들은 말만 하고 행동은 안 해요."

"질문자가 낳아서 질문자가 키웠는데 누구를 닮을 것 같아요? 아버지는 귀농으로 떨어져 살았다면서요."

"그럼 저를 닮았나 봐요. 자식 키우기가 너무 힘들어요."

이럴 때는 아침마다 108배 절을 하면서 '내 아들은 나를 닮아서 나처럼 잘 살 거다' 이렇게 기도해야 합니다. 아들이 게임을 하든, 방구석에 처박혀 있든, 취직을 안 하든, 그런 것은 더 이상 따지지 말아야 합니다. 내가 낳아서 내가 키웠으니 나를 닮았고, 내가 잘 살았으니까 내 아들도 나를 닮아서 잘 살 것이라고 자꾸 이렇게 기도를 해야 합니다.

오히려 아들이 앞날을 걱정하더라도 "걱정하지 마라. 너는 엄마를 닮았으니 잘 살 거야" 이렇게 항상 격려하고 아들을 믿어 줘야 합니다. 아들이 집에 있든지 나가든지, 취직을 하든지 말든지, 아들이 알아서 하도록 믿고 맡겨야 합니다.

영 아들 보기가 힘들어서 독립시키고 싶어도 아들이 집에서 안 나가면 그냥 놔둔다는 관점을 가져야 부모가 편합니다. 내보내려 하는데 아들이 안 나가면 안 나가서 문제가 되고, 나갔다가 사고라도 나면 부모가 내보냈다는 책임을 져야 해요. 그런데 자기가 알아서 나가면 부모 책임이 아니잖아요. 아들이 나간다는데 부모가 못 나가게 하든지, 안 나가겠다고 하는데 억지로 내보내면 부모가 그 책임을 져야 해요. 왜 부모가 계속 책임을 지려고 해요? 내 인생도 살기 힘든데.

서른이나 넘은 아들에 대해서는 더 이상 책임을 지지 말라는 겁니다. 책임지지 말고 그냥 기도만 해 주세요. 아들이 나간다고 해도 "그래, 너는 나를 닮아서 나가서도 잘 살 거다"라고 말해 주고, 그냥 집에 있는다고 해도 "그래, 너는 나를 닮아서 집에 있어도 잘 살 거다" 이렇게만 말해 주면 됩니다.

아들에게 무언가를 따로 해 주지 마세요. 부모가 밥을 먹는데 끼어서 같이 밥을 먹는 것은 괜찮아요. 그러나 특별히 아들을 위해서 무언가를 하지는 말라는 겁니다. 방 청소도 해 주지 말고요. 아들이 빨래를 내놓으면 내가 세탁기를 돌릴 때 그냥 같이 넣어 주기는 해도 아들의 빨래를 특별히 따로 해 주지는 말라는 겁니다.

그렇게 하면 아들이 집에 있든 없든 생활에는 구애를 안 받을 수 있습니다. 아들에게 간섭도 하지 말고 잘해 주려고 하지도 마세요. 아들이 나가든 안 나가든 부모가 신경 안 쓰면 아무 문제가 없습니다.

돈 대신 등 두드려 주는 사랑

요즘 다 큰 자식들이 경제적으로 자립하지 못하고 나이 든 부모에게 기대어 사는 경우가 많습니다.

한 아버지는 집을 처분해서 자식들에게 생활 자금으로 분배하고 부인과 함께 시골로 내려갈 생각까지 했다고 합니다. 집을 없애 버리면 자식들이 더 이상 손을 벌리지 못할 것이고, 그럼 더 이상 괴롭지 않을 거라는 생각에서 내린 결론이라는 겁니다.

그래도 지금은 돈을 줄 능력이나마 있으면서 줄까 말까 괴로워하지만, 앞으로 줄 처지도 못 되는데 자식들이 달라고 하면 더 괴로워집니다. 주긴 주어야 하는데 줄 것이 없으면 자신을 자책하며 더 괴로워하지요.

그렇다면 근본적인 해결 방법은 무엇일까요? 자식들이 손을 벌려도 내가 아무렇지도 않을 만큼 아무것도 없거나, 아니면 절대 안 주겠다고 마음을 단단히 먹는 겁니다.

어떤 어머니는 쉰이나 된 아들이 사업 빚을 갚아 달라고 조르는 통에 괴롭다고 하소연을 했습니다. 그래서 잔소리를 하게 된다는데, 나이도 먹을 만큼 먹은 아들이 어머니가 뭐라 한다고 말을 듣는 것도 아니고 자꾸 잔소리하면 부모와 자식 간에 싸움만 납니다. 그럼 돈은 돈대로 잃고 부모 자식 간에 원수가 됩니다. 사업은 망하더라도 부모 자식 간에 정은 있어야 하잖아요. 그럼 어떻게 해야 할까요? 간섭을 안 해야 합니다. 대신에 다 망해서 돌아오더라도 돈은 해 주지 말고, 따뜻한 밥 한 그릇 해 주면서 등을 두드려 주는 겁니다.

어릴 때부터 부모가 엄격하게 "네 삶은 네 삶이고, 내 삶은 내 삶이다"라고 선을 그으면 자식은 사업이 망해도 부모에게 돈 달라는 소리를 안 합니다. 그런데 자식이 어려우면 늘 줬기 때문에 부모가 여든이 돼도 논 한 마지기라도 있으면 그것마저 팔아서 가져가려고 합니다. 자식이 그러는 것은 다른 누구도 아닌 부모의 잘못입니다. 자식은 부모가 도와주면 줄수록 손해예요. 자식을 위해서는 안 도와주는 게 나은데 보는 내가 안타까워서 도와주는 겁니다. 자식을 위해서 도와주는 게 아니라 내가 못 견뎌서 도와주려는 거예요.

어릴 때는 돌봐 주는 게 사랑이고 커서는 냉정하게 지켜봐 주는 게 사랑입니다. 그런데 아이가 어릴 때는 내가 돌볼 여력이 없었고 나이 들어서는 내가 지켜볼 인내가 없습니다. 아이가 넘어져서 울고 악을 써도 자기가 일어날 때까지 가만히 지켜봐야 하는데 가서 안

부모가 없어도 혼자 살 힘을 키워 주는 것이
진짜 부모의 사랑입니다.

고 어디 다쳤나 난리를 피웁니다. 아이가 말을 안 듣는다고 성질을 부리다 자식이 넘어지면 바로 달려가서 안고 난리를 칩니다. 이러면 교육이 안 됩니다. 부모는 자식이 크면 자기감정도 절제하고, 무작정 도와주는 게 아니라 차분히 지켜볼 수 있는 냉정함이 있어야 합니다.

부모가 자식에게 물려줄 최고의 선물은 자식이 자립할 수 있도록 하는 겁니다. 부모가 없어도 혼자 살 힘을 키워 주는 것이 진짜 부모의 사랑인 거예요. 그런데 대부분은 돈으로 해결하려고 합니다. 그런 돈은 자식에게 줘 봐야 금방 날아가 버리고 맙니다.

사람이 정신만 바로 서면 맨몸으로 일해서도 얼마든지 먹고살고, 자기가 알아서 여자나 남자를 구해 결혼해서 자식 낳고 살 수 있습니다. 그런데 부모가 자식을 치마폭에서 키우며 대학도 선택해 주고, 학자금도 다 대 주고, 졸업하면 취직도 시켜 주고, 배우자도 구해 주고, 집도 구해 주고, 또 애 낳으면 애도 봐주다 보면 자식 때문에 일생 내내 고생합니다. 죽을 때도 눈을 못 감아요.

나이가 여든이어도 쉰이 된 아들을 보면서 '내가 없으면 쟤가 어떻게 살까' 싶어서 마음을 못 놓습니다. 이게 자식을 끔찍이 생각하는 것 같지만, 실제는 평생 부모 그늘에서 자식이 성인으로 성장하지 못하게 해 놓고는 이제 병약해진 자식이 혼자 어찌 사나 걱정하는 것일 뿐입니다.

지혜롭게
손주 돌보는 법

남편과 노후에 편히 살다가 딸이 직장 생활을 하겠다고 아이를 맡겨두면서 고민이 생겼다는 분이 있습니다. 아침에 아이 챙겨서 어린이집 보내고 저녁에 딸이 온 뒤에야 자기 볼일 보는 게 힘들다는 겁니다.

만약 부모가 없는 아이, 보살펴 줄 사람이 없는 아이를 보살핀다면 큰 공덕을 짓는 보살행입니다. 그런데 부모가 있는데 손주를 보살핀다는 건 복이 하나도 안 됩니다.

아이는 제 어머니로부터 보호받을 권리가 있습니다. 제 부모로부터 보호받아야 나이가 들면 부모의 은혜도 아는데, 아이가 부모로부터 보살핌을 받지 못하면 부모에 대한 정이 없습니다. 나중에 자라서 부모의 은공을 전혀 모릅니다.

그럼 부모가 아닌 키운 사람에 대한 은공은 알까요? 그렇지 않습니다. 자식은 누가 키워도 부모보다 못합니다. 그래서 할머니가 키우는 건 좋지 않습니다.

무엇보다 아이의 버릇이 나빠지고 잘못되면 책임을 전가합니다. 할머니가 마음에 안 들면 "엄마" 하고 엄마에게 갔다가, 엄마가 마음에 안 들면 또 할머니에게 갑니다. 야단을 맞아야 할 자리를 피해서 엄마가 야단치면 할머니 쪽으로 도망가고, 할머니가 야단치면 엄마 쪽으로 도망가는 거예요. 엄마는 보살피기도 하지만 야단을 치고 질서를 잡아 주는데, 할머니는 귀여워만 해서 아이가 버릇이 없어지기 쉽습니다. 나중에 애가 커서 문제가 생기면 '할머니가 애를 버릇없게 만들었다'는 원망을 듣습니다. 칭찬을 듣는 경우는 거의 없어요.

그리고 아이를 돌보는 게 힘들다고 했는데, 그것 때문에 아이를 돌보지 말라는 게 아닙니다. 힘이 하나도 안 들고 재미가 있어도 돌보면 안 된다는 말이에요. 그런데 힘까지 든다면 무엇 때문에 돌봅니까?

제일 좋은 것은 딸에게 "네 자식 네가 키워라" 하고 정을 떼는 거예요. 그렇게 못하면 지혜롭게 피하든지, 그것도 입장이 곤란하면 조용히 절에 가 버리든지 하는 겁니다.

그것도 도저히 못 하겠다면 차선책이 있습니다. '남의 자식도 키우는데 내 손주를 내가 왜 못 키우겠나' 하는 마음을 내는 거예요. 내 손주인데 내가 힘들어서 못 키우겠다는 건 할머니의 마음이 아닙니다. 할머니는 뼛골이 쑤셔도 손주를 돌봐야죠. 힘들어서 못 키우겠다는 생각으로 애를 키우려면 아예 안 키우는 게 훨씬 낫습니다. 그러니까 키우려면 생각을 바꿔서 '뼈가 부서지더라도 내 손주 내가 돌보겠다' 이런 마음을 내야 오십 점은 됩니다.

5장

인생 후반전,
즐겁고 행복하게 일하는 법

●

적게 먹고, 적게 입고, 소박하게 살겠다 마음먹으면
마음의 여유가 생깁니다.
많이 먹고, 많이 입고, 많이 쓰겠다는 마음을 내면
아무리 많아도 부족함을 느낍니다.

부족함을 느끼면 가난한 자,
여유를 느끼면 부자

나이가 들어가면서 돈에 대해 막연한 불안감을 느끼는 분이 많습니다. 요즘은 늙어서도 자식을 부양하는 경우가 많고, 또 노후 자금이 얼마 이상 있어야 한다는 이야기들을 들으면서 돈에 대해 더 불안해합니다.

그런데 정말 먹고살기 힘들어서라기보다 남들과 견주어 수준에 맞춰야 한다는 생각이 우리를 더 가난하고 조급하게 만든다고 할 수 있습니다. 젊을 때는 의식주에 대해서 크게 개의치 않는데, 나이가 들면 '이 정도는 돼야 남부끄럽지 않지' 하는 비교 의식이 돈에 대한 집착을 키웁니다. 그래서 돈만을 생각하느라 정말 인생에서 무엇이 중요한지를 잊기도 합니다.

언젠가 한 부부를 상담했는데 남편의 건강이 심각해 보였습니다. 그래서 당장 휴직원을 내고 쉬는 게 좋겠다고 했더니 옆에 있던 부인이 이러는 겁니다.

"한 6개월만 더 다니다 쉬면 안 될까요?"

"왜요?"

"6개월만 있으면 인사이동이 있거든요. 남편이 이사로 승진할 차례인데 승진하고 나서 쉬면 안 될까요?"

생명이 위독해서 당장 쉬라는데 남편 목숨은 안중에도 없고 지금 휴직하면 승진이 안 될 텐데 하는 걱정이 앞섰던 겁니다. 그런데 그분만 그런 게 아니라 누구든 돈에 집착하고 앞으로 살아갈 일에 너무 집착하면 이런 일이 벌어집니다.

인도의 불가촉천민 마을 사람들은 생존이 불가능해 보이는 1달러 미만의 일당을 받습니다. 그나마 그것이라도 받을 수 있으면 다행이에요. 그런 인구가 이 지구상에 7억 명이 넘는다고 합니다. 이렇게나 많은 사람이 굶주림의 고통 속에 놓여 있습니다.

그런데 우리는 먹고살 만한데도 늘 돈에 쫓기는 인생을 살고 있습니다. 그러다 보니 얻을 생각만 하느라 절에 와도 부처님에게 자꾸 뭔가 달라고만 합니다. 옛날 식량이 부족하던 시절, 절에서 스님들이 공양을 하다가 객승이 오면 각자 자기 밥그릇에서 밥 한 숟가락씩 덜어서 모아 주었는데, 이것을 십시일반이라고 합니다. 또 옛날에는 형제간에 정이 있으면 콩 한 쪽도 열두 명이 나눠 먹는다고 했습니다.

이처럼 나눠 먹는 마음을 내면 마음이 부자가 됩니다. 적게 먹고,

형편이 어렵다고 괴로워만 할 게 아니라,
베푸는 마음을 내면 오히려 마음이 부자가 되고 삶에 의연해집니다.

적게 입고, 소박하게 살겠다고 마음을 먹는다고 해서 있던 돈이 없어지지 않습니다. 오히려 마음의 여유가 생깁니다. 반면에 많이 먹고, 많이 입고, 많이 쓰겠다는 마음을 내면 돈이 많은데도 부족함을 느낍니다. 부족함을 느끼면 가난한 자가 되고 여유가 있으면 부자가 되는 거예요.

자꾸 경제적으로 어렵다고 징징거리는 사람에게 저는 이렇게 말해 줍니다.

"한 2, 300만 원 빚낼 수 있어요?"

"아무리 가난해도 그 정도는 낼 수 있습니다."

"그러면 그 돈 가지고 인도 여행 갔다 오세요."

인도를 한 바퀴 쭉 돌고 오면 마음이 달라집니다. '내가 정말 부자구나, 가진 게 정말 많구나' 알게 됩니다. 우리가 가난해도 한 끼 식사를 때우지 못하는 형편은 아니고, 아무리 경제적으로 어렵다 해도 1000원을 보시하지 못할 형편은 아닐 겁니다. 자신의 형편이 어렵다고 괴로워만 할 게 아니라, 베푸는 마음을 내면 오히려 마음이 부자가 되고 삶에 대해서도 의연해져요. 먹고사는 문제에 대한 막연한 두려움이 사라지게 됩니다.

실직의 순간은
누구에게나 온다

'내가 남에게 어떻게 보일까?' 많은 사람이 여기에 집착합니다. 그래서 자신과 주변을 속이고 남에게 그럴싸하게 보이려고 애쓰며 괴로워합니다.

남편이 4년 전에 실직했는데 아이가 초등학교 다닐 때라 상처를 받을까 봐 얘기를 안 했다는 부인이 있었습니다. 그래서 남편이 항상 출근하는 것처럼 속이다 보니 마음이 답답해지고, 남편도 미워지고, 아이들을 속이는 것 같은 느낌이 들어서 불편했다는 겁니다.

남편이 직장을 그만둔 걸 왜 숨길까요? 직장에 다니지 않는 남편을 열등한 존재로 보니까, 무슨 죄라도 저지른 것처럼 생각하니까 숨기는 겁니다. 남편의 실직은 아이들한테 속일 게 아니라 오히려 터놓고 이야기해야 합니다. 가족회의를 열어서 어려움을 함께 풀어가려고 하는 게 좋습니다.

"아빠가 지금까지 열심히 일하셨는데 실직을 하게 됐다"고 이야기하고, 요즘 경기가 안 좋아서 실직을 했다든지, 회사 부도가 났다든지, 상황을 설명하는 겁니다. 그러고 나서 어떻게 대처할 것인지를 이야기하면 됩니다. "아빠가 실직하긴 했지만 몇 년 살 돈은 있으니까 그대로 생활하자"라든지, "수입이 좀 줄어드니까 용돈을 줄여서 쓰자"든지 해서 집안의 어려움을 아이들하고 함께 나누는 거예요. 그래야 가족이라고 할 수 있습니다.

아이들에게 어려운 사정은 전혀 알리지 않고 남편을 무시하고 자식만 생각해서 키운다고 아이들이 잘되는 게 아닙니다. 살다 보면 이런 날도 있고 저런 날도 있고, 잘되는 때도 있고 어려운 때도 있는데, 아이들도 그런 걸 알고 이겨내야 더 크게 성장할 수 있습니다.

부모가 애를 업고 식당에 가서 일하면 아이는 부모가 고생하는 것을 알아서 고마워합니다. 힘든데도 자신을 업고 일한 걸 알기 때문이에요. 그런데 부모의 어려움을 모르게 하고 자식만 곱게 키우면 부모가 어떻게 자기를 키웠는지를 모릅니다. 자칫 자식이 실직한 아버지를 열등하게 생각하고 무능력한 아버지를 두었다고 부끄럽게 생각하게 만들 수도 있습니다.

서울역 앞에서 노숙하는 사람 가운데 시골에서 농사짓다 올라온 사람은 거의 없습니다. 일용직 노동자로 생활하던 사람도 거의 없어요. 작은 중소기업 하다가 망한 사람, 회사에서 과장, 부장 하다가 그만둔 사람, 직장을 그만두고도 가족에게 말하지 못해서 출근하는 척

하고 나와서 공원 의자에 앉아 있다 알코올 중독돼서 노숙 생활 하는 사람, 이런 사람들이 대부분입니다.

실직은 다른 누구보다 본인이 가장 큰 충격을 받기 때문에 가족이 잘 품어 주어야 합니다. 특히 부인이 따뜻하게 감싸주는 게 중요합니다.

한 50대 가장은 직장을 그만두자 새로 취직하기도 힘들고 해서 식당을 하는 부인에게 제안을 했습니다. "사람 써서 월급 주느니 내가 식당 청소도 하고 허드렛일도 하면 안 될까?" 그런데 그 부인이 남 보기 창피하다고 받아들이지 않았습니다. 그 남편은 식당에서도 일을 못 하고 밖으로만 돌다가 결국 스스로 목숨을 끊었습니다.

남편이 실직한 것을 4년 동안이나 주변에 말하지 않았다면, 그 남편은 얼마나 힘든 시간을 보내고 있을지 생각해야 합니다. 남편의 실직을 부끄러워한 것을 참회하고 아이들에게 집안 사정을 공개해야 합니다. 그리고 엄마가 의연하게 헤쳐 나가면서 항상 웃고 밝게 생활하면 아버지가 실직해도 아이들은 아무 상관없이 잘 큽니다.

나이가 들면 누구나 실직, 퇴직의 순간을 맞이합니다. 이때 부인이나 자식은 남편, 아버지가 실직, 퇴직으로 집에 있을 때 직장 다닐 때보다 더 격려해 주고 존중해 줘야 합니다. 직장에 다닐 때는 어려운 일이 있어도 자기 힘이 있으니까 버티지만, 직장에서 나와 약간 눈치를 보는 데다 구박을 받으면 심리적으로 큰 타격을 받습니다.

이런 어려운 상황에서는 남편을 구박하거나 뭐든 해서 돈을 벌라고 할 게 아니라 이렇게 말할 수 있어야 합니다.

"2, 30년 동안 돈 버느라 참 수고했어요. 우리 먹여 살린다고 고생 많이 했으니까 한 3년은 아무것도 하지 말고 푹 쉬어요." 남편이 "뭐 먹고 사느냐"고 걱정하면 또 이렇게 말해 줍니다.

"그건 아이들하고 어떻게든 하면 돼요. 정 안 되면 내가 아르바이트라도 해서 먹고살 테니까 걱정하지 말아요." 이렇게 격려를 해 줘야 남편이 좀 쉬었다가 자기가 할 만한 일을 찾을 수 있습니다.

남자의 성질을 보면 소 같은 데가 있습니다. 옛말에 산에 소 먹이러 갔다가 호랑이를 만났을 때, 사람이 소고삐를 놓고 도망가면 소도 도망을 가다가 사람과 소가 다 호랑이에게 잡아먹힌답니다. 그런데 사람이 소고삐를 잡고 옆에 딱 붙어서 격려하면 그 소가 뿔로 호랑이를 잡는다고 합니다. 그처럼 여자가 고삐를 잡고 격려해 주면 남자는 없던 힘도 냅니다.

집에서 압력을 받지 않으면 편한 마음으로 자기 나름대로 할 일을 찾을 수가 있는데, 집안에서 구박을 받으면 보란 듯이 성공해 보이겠다는 심리가 생기기 쉽습니다. '나를 무시해? 내가 아직 괜찮다는 걸 보여 주지.' 이런 심리가 우선되면 사기를 당하기 쉬워집니다. 어떤 회사에 조금만 투자하면 사장 직위를 준다든지, 어디에 투자하면 배당을 많이 준다든지 하는 유혹이 드물지 않은데, 여기에 넘어가서 돈을 날리는 이유가 '본때를 보이겠다'는 심리일 경우가 많습니다.

그래서 실직하고 퇴직하는 시기에는 본인도 자기 삶을 위해서 마음을 잘 다스려야겠지만 주위에서도 그런 심리를 잘 이해하고 배려해 주고 도와주어야 합니다. 그러면 오히려 가족으로서 그 어느 때보다 유대감을 깊게 느끼고 위기를 이겨 나갈 수 있습니다.

돈, 직위, 명예가
'나'를 대신할 수 없다

　나이가 들어가면서 이런저런 위치에 서면 권위의식이 생겨납니다. 그래서 사장이다, 부장이다, 아빠다, 선배다 하는 권위가 마치 자기 자신인 줄 착각합니다. 어느덧 어깨에 힘이 들어가고 동작이 느려지고 무거워지는데, 이 지위에서 밀려나면 한순간에 무너져 버립니다.

　돈이나 직위를 잃으면 자기를 잃어버리는 것 같은 심리 현상이 일어나는 겁니다. 특히 고위직에 있는 사람들은 늘 목에 힘주고 어디에 가든 앞자리에 앉고 주위의 시선을 받습니다. 그러다 자리에서 물러나 아무도 찾아오지 않고 쳐다보지도 않으면 자존감이 무너지면서 허무감에 빠지게 됩니다.

　집에서도 남편이 돈을 벌어 올 때는 "커피 타 와라, 신문 가져와라" 큰소리를 좀 쳐도, 아니꼽지만 부인이 대접했던 시절이 있었습니다. 그런데 은퇴하고 돈도 안 벌면서 아직도 그런 버릇을 못 버리면 구박을 받는 게 당연하겠지요. 그러면 남편은 심리적으로 더욱 무시당하는 것 같이 느낍니다. 쓸모없는 인간 같고 세상에서 버림받는 것 같습니다. 그러면 빨리 늙고 자괴감을 이기려고 과음까지 하다 보면 건강을 해치고 명을 단축하게 됩니다.

또 집에 있는 시간이 많아지면서 가족들과도 갈등이 생깁니다. 자녀들은 보통 아버지보다 어머니와 많은 얘기를 나눕니다. 어머니와는 편안한 자세로 뭐든 이야기하는데 아버지가 있는 데서는 행동이 편안하지 않고 말수도 줄어듭니다. 아버지 입장에서는 늙으면 외롭고 또 자식들 생활이 궁금하니까 자식에게 얘기를 듣고 싶지만 자식들은 불편해서 피하려고 합니다. 이것은 자식만 탓할 것이 아니고 아버지가 젊을 때 소위 권위주의로 살았던 과보라고도 볼 수 있습니다. 그러니까 젊어서부터 일방적으로 명령하는 게 아니라 서로 존중하고 대화를 많이 해야 나이가 들어서도 화목한 가정을 꾸릴 수 있습니다.

사회생활을 하면서도 권위주의를 극복하려면 돈 잘 벌 때, 직위가 있을 때 그 직위나 돈으로 나를 삼지 말아야 합니다. 직장에서도 업무를 볼 때만 그 역할을 하고, 오후에 나가서 식사하거나 술 한잔할 때는 상하 관계가 아니라 친구처럼 대한다면 직위가 떨어져도 옛 직장 사람들이 찾아옵니다. 그런데 직위 때문에 고개를 숙이는 사람들은 직위가 없어지면 바로 멀어져 버립니다.

젊을 때부터 권위주의에 익숙해지면 퇴직 후에 수위나 청소 같은 일을 하기 어렵습니다. 예전 직위에 사로잡혀 있어서 체면 때문에 허드렛일은 안 하려고 하는 겁니다. 그러나 전업주부들은 자기가 직위를 갖고 있었던 게 아니어서, 형편이 어려우면 어디 가서 청소든 무엇이든 가리지 않고 일을 합니다. 그래서 어려움에 처하면 여성이 생활력이 더 있다고들 말하는 겁니다.

할머니는 일흔이 넘고 여든이 돼도 손자를 봐주고 설거지라도 합니다. 하다못해 집이라도 지켜 줄 수 있어요. 그래서 자식들이 모시기가 쉽습니다. 그런데 권위적인 남자는 늙으면 별 쓸모가 없습니다. 늙은 시아버지는 옆에서 밥도 해 줘야지, 청소도 해 줘야지, 커피도 끓여 줘야 합니다. 그래서 모시기 힘들어합니다.

늙어서 쓸모없어지는 것은 육체에서 오는 문제가 아니라 바로 권위의식에서 비롯합니다. 사회에서 직위는 일시적으로 주어진 역할일 뿐인데 그 직위가 곧 자기라고 착각하다가 직위를 잃으면 공허감이 뒤따르게 됩니다. 본인이 어떤 위치에 올랐을 때 그 지위와 자신을 동일시하지 않고 자기 조절을 잘해야 나이 들어서도 가정에서나 사회에서 소외되지 않고 새로운 일도 가볍게 시작할 수 있습니다.

지금, 10년 뒤
하고 싶은 일을 경험하라

40대가 되면, 다가올 퇴직에 대해 두려워하는 경우가 많습니다. 대기업에 다니는 40대 중반의 직장인은 이런 고민을 털어놓았습니다.

"곧 50대가 되는데 직장을 계속 다닐지 말지 걱정입니다. 사업을 하고 싶은데 아내의 반대가 심해서 망설이고 있습니다."

현재 직장을 다니고 있는데 그만두고 새로운 일을 한다는 것은 위험부담이 큽니다. 물론 아주 확실한 사업이 있다면 해 볼 수도 있을 겁니다. 예를 들어, 지금 다니는 대기업과 연관되어 있어 다소 익숙한 분야의 사업이면 모르지만, 무작정 새로운 사업을 한다면 부인이 불안해하는 건 당연합니다. 아이들도 아직 초등학교, 중학교 다니면 돈이 필요한 시기인데, 지금 직장을 그만둔다는 것은 안정된 수입원이 없어지는 거잖아요. 그러면 아이 엄마로서는 심리적으로 불안을 느낄 거고, 그러면 그것이 아이들의 정서에도 부정적인 영향을 미칩니다.

그러니까 직장은 회사에서 다니라고 할 때까지 다니고, 나갈 때 새로운 직장을 구하든지 새로운 사업을 시작하는 것이 좋습니다. 내년에 나가라고 하면 내년에 시작하면 되지, 꼭 회사를 미리 그만두고 먼저 나오려고 할 필요는 없어요. 현재의 직장이 최소한 10년은 보장된다면 10년 정도 다니고 그다음에 새로운 일을 해도 됩니다.

2, 30년 회사 다닌 노하우가 있으면 조그마한 일은 뭘 해도 할 수 있습니다. 경험 없는 20대도 사업을 시작하는데 경험과 인맥이 있으면 작은 일은 얼마든지 할 수 있어요. 그런데 보란 듯이 일을 크게 벌이면 망하기 쉬우니까 퇴직금은 놔두고 직접 뛰어서 할 수 있는 일을 먼저 시작해야 합니다.

심리적으로도 공연히 미리 무거운 짐을 짊어지고 인생을 불안 초조하게 살 필요가 없습니다. 자식이 스무 살이 될 때까지, 즉 고등학교 졸업할 때까지는 부모가 책임져야 하지만 대학까지 꼭 부모가 다 책임져야 한다는 의무는 없습니다. 형편이 되면 시켜 주고 형편이 안 되면 안 해 줘도 아무 문제가 안 돼요.

재능과 경험이 가장 원숙하게 쓰일 때가 40대, 50대입니다. 30대는 회사 다닌다고 해도 훈련받고 연습하는 기간이라고 볼 수 있어요. 그런데 한창 일할 나이에 10년 후 퇴직할 것을 벌써 걱정하면 현재가 늘 불안해집니다. 전에 어떤 모임에서 연세 드신 분들에게 "몇 살로 돌아가고 싶습니까?" 물었더니, 그때 1위가 10대, 20대, 30대도 아닌 바로 50대였습니다. 청춘으로 돌아가고 싶어 할 것 같은데 의외로 50대라는 대답이 나온 겁니다. 20대, 30대는 돈도 없고 미래도 불확실해서 힘들었지만, 50대는 경제적으로 어느 정도 안정되었고 자식도 어느 정도 커서 힘이 덜 들고 몸도 그런대로 활동할 만해서 좋았다는 겁니다. 그러니까 인생의 황금기는 50대라고 할 수 있습니다. 그런 황금기가 오고 있는데 걱정할 일이 뭐가 있어요.

지금부터 10년 후를 미리 걱정할 게 아니라 그동안에 준비하는 시간을 가지면 됩니다. 하고 싶은 사업이 있다면 그 일터에 가서 봉사를 하면서 경험을 해 보는 겁니다. 하고 싶은 일이 환경운동이라면 환경단체에 가입해서 다녀 볼 수 있습니다. 사회사업이라면 노인복지나 의료복지 분야에 회원 가입을 해 놓고 다녀 볼 수도 있어요. 또 음식점을 하고 싶다면 음식점에 가서 봉사를 한다든지 시간제로 가서 배울 수도 있습니다.

예를 들어, 빵 가게를 여는 데 자본금이 1억 원 정도 필요하다고 퇴직금 1억 원을 다 투자하면 100퍼센트 실패합니다. 퇴직금은 놔두고 대신 빵 가게에 1, 2년 취직해서 일해 보면 많은 것을 배울 수 있습니다. 빵 굽는 일이든 배달 일이든 직접 해 보면 빵 가게가 어떻게 운영되는지, 길목은 어떤 곳이 좋은지, 어떤 손님이 오는지, 어떤 빵을 선호하는지 등을 알 수가 있습니다. 장사가 안되면 왜 안되는지, 잘되면 왜 잘되는지 다 알 수가 있어요.

그런 경험을 통해서 '이건 아니다' 싶으면 투자를 안 해야 하고, 괜찮다 싶으면 자리를 어디에 잡을 건지, 어떤 종류를 할 건지 감이 잡힐 정도로 경험을 쌓아야 합니다. 주인으로 시작하면 경영에 급급하지만, 종업원으로 일하면 그런 부담이 없기 때문에 훨씬 전체를 잘 볼 수 있습니다. 그리고 아는 손님도 있고, 아는 거래처도 생기고, 아는 종업원도 있으니까 나중에 문을 열 때 도움을 받을 수 있습니다, 그런 준비 기간을 거쳐서 시작하면 성공할 확률이 높아집니다.

　이처럼 새로운 선택을 하기 전에는 반드시 준비 과정을 거쳐야 실패 위험을 줄일 수 있습니다. 제일 중요한 것은 옆에서 구경하는 것으로는 제대로 알기 어렵기 때문에 실제로 해 봐야 안다는 겁니다.

　어느 대기업의 직원이 회사를 그만두고 산에 작은 집을 지어 살고 싶다면서 "스님, 혼자 살아 보니 어떠세요?" 합니다. 힘든 세상을 벗어나서 홀가분하게 혼자 살고 싶다는 마음으로 묻는 겁니다. 그런데 이런 마음으로 무작정 움직이면 100퍼센트 실패합니다. 그럼 어떻게 해야 할까요? 무조건 직장을 그만두는 게 아니라, 직장에 다니면서 시골에 작은 움막을 지어 놓고 주말마다 가서 혼자 있어 보는 겁니다. 한 3년 동안 그렇게 지냈는데 진짜 좋다면 그때는 가도 됩니다. 그런데 주말마다 가서 지내 보면 지금 생각과 다를 수 있습니다. 처음에는 굉장히 좋은데 몇 달만 지나도 심심하고 지겹게 느껴진다면 애초의 생각은 접는 게 좋습니다.

또 미국 교민들 중 은퇴하면 한국에 와서 살겠다는 사람이 많습니다. 그러나 무작정 살림을 처분해서 한국에 들어오면 후회하기 쉽습니다. 미국에 집과 시민권을 놔두고 한국에 들어와서 일단 살아 보고 적응이 되면 그때 정리하고 와도 늦지 않습니다. 그런데 성급하게 무조건 다 정리하고 오면 대부분 적응하지 못해서 머물 수도 없고 되돌아갈 수도 없는 상황이 벌어집니다.

"세상사 다 지겹습니다. 머리 깎고 스님 될래요." 이런 사람도 무작정 머리부터 깎을 게 아니라 직장 생활을 하면서 참선을 한번 해 보는 겁니다. 집에서 매일 혹은 주말에 시간을 내서 두세 시간 참선을 해 보고, '진짜 좋다, 더 이상 두 가지를 병행하기 어렵다'는 생각이 들 때 절에 들어가면 아무 문제가 없습니다. 세속에 있을 때는 일을 그만두고 명상만 하면 좋을 거 같은데 막상 절에 가서 3일만 있으면 지겹다고 힘들어하는 경우가 많습니다.

이처럼 지금까지 해 오던 것에서 벗어나 새로운 길을 가려고 할 때는 무작정 움직이는 게 아니라, 미리 경험해 보고 판단하면 실패를 줄이고 자신감 있게 헤쳐 나갈 수 있습니다.

가까운 사람에게
돈을 빌려주려거든
그냥 주어라

조금이라도 더 이자를 받으려는 욕심에 투자했다가 낭패를 보는 경우가 많습니다. 작은 욕심이 큰 화를 부른 겁니다.

"7년 전에 토지를 상속받아서 현금으로 만들었어요. 노후라도 좀 편하게 지내볼까 해서 은행을 찾아가서 재테크 상담하고, 결국 그 은행 직원한테 사기를 당해 몇 억 원을 날렸습니다."

'높은 이자'라는 낚싯밥을 던진 전형적인 사기에 당한 겁니다. 이 자를 특별히 많이 준다는 것은 보통 사람에게는 문제가 되지 않지 만, 욕심 많은 사람에게는 낚싯밥이 됩니다.

이자를 괜히 많이 주는 게 아닙니다. 가령 "북한산 송이를 가져와 서 한국에 팔면 다섯 배 번다, 여기에 투자하면 4개월 만에 원금이 회수되고 30퍼센트 이익금이 나온다"라고 미끼를 던진다 칩시다. 1년 맡겨도 3퍼센트가 나올까 말까 하는데, 4개월 만에 30퍼센트 가 나온다고 하면 '진짜인가?' 의심이 듭니다. 그래서 300만 원이든

500만 원이든 자기 형편에 맞춰서 '이 정도는 날려도 괜찮으니까 한 번 해 보자' 하는 수준에서 투자를 합니다.

그런데 한 번 하고 이익금이 돌아오면 생각이 달라집니다. 날릴 생각을 하고 투자했는데 이익금이 돌아오니까 다시 투자를 하게 되는 겁니다. 처음에 300만 원 투자해서 이익금이 들어오니까 다음에는 1000만 원을 투자하게 됩니다. 그런데 그 사람이 약속한 대로 틀림없이 이익금이 들어오니까, 그때부터는 완전히 믿어 버립니다. 그러고 나서 그 사람이 "이번에 큰 건이 생겼다. 1억이든 2억이든 투자해라" 이러면 투자를 하고 맙니다. 그럼 그걸로 끝이에요.

또 "일제 강점기 때 숨겨둔 금괴가 어디에 있는데, 이걸 찾으면 몇 억이 들어온다" 등등 기상천외한 제안을 하는 경우도 있습니다. 상식적으로 진짜 허황된 거 같은데 만 명 중에 한 명, 십만 명 중에 한 명은 거기에 걸려드는 사람이 생기게 마련입니다.

길거리에서도 "도를 아십니까?" 하면서 말 거는 사람들이 있습니다. 대체로 무시하고 지나가는데, 거기에도 걸려드는 사람이 있어요. 그 사람들은 "천도재를 지내라, 그렇지 않으면 재앙이 온다"라고 해서 500만 원, 다음에는 1000만 원을 들여서 계속 재를 지내게 합니다. 또 몸이 아파서 무당에게 점을 보러 갔더니 "굿을 해야 낫는다"고 해서 1000만 원을 들여 굿을 했는데, 병이 안 나았다고 해도 현행법상 처벌이 안 됩니다.

이자를 조금 더 받겠다는 욕심에 은행 직원의 꼬임에 넘어가서 위험한 곳에 투자한 경우도 보상을 못 받습니다. 그러니까 '내가 참 헛된 욕심을 부렸구나' 하고 거기서 끊어야 하는데, 잃어버린 것에 연연해서 고소를 하고 돈을 받으려 쫓아다니니까 더 괴로운 겁니다. 이런 경우에는 그 직원과 싸울 필요도 없습니다. 그 사람의 재산이 있으면 고소해서 받을 수 있고 없으면 못 받습니다. 또 변호사와 얘기해서 결론을 내는 방법이 있습니다. 예를 들어 투자금이 3억이라면, 돈을 못 받을 생각을 하고 변호사에게 "당신이 다 알아서 하고, 돈을 받으면 30퍼센트 주겠다"라고 제안하는 겁니다. 만약 받을 가능성이 있으면 변호사가 하려고 하겠지요. 그래서 받으면 다행이고 못 받는다고 하면 그 일은 잊어버려야 합니다. 돈도 못 받는데 또 변호사비까지 지불할 필요가 없다는 얘기입니다.

우리가 이렇게 사기를 당해서 돈을 잃어버리기도 하지만, 가까운 사람을 통해서도 한순간에 날려 버리기도 합니다. 친척이나 친구가 갑자기 연락을 해서 "오늘 들어와야 할 현금이 안 들어와서 이걸 막지 못하면 부도가 난다. 하지만 3일 후면 돈이 들어온다"라고 할 때, 빌려주면 받을 수 있는 확률은 거의 없습니다. 사업하는 사람이 돈이 궁하면 은행 대출을 받으면 되고, 담보가 부족하면 제2금융권에서 이자를 더 주고 빌립니다.

그런데 그런 수준도 안 되면 이자를 훨씬 더 주고 사채를 빌립니다. 그것도 못 빌린다는 건 회사가 회생 가능성이 없다는 얘기입니다. 그때 찾아갈 사람은 절친한 친구와 가족밖에 없습니다. 그러니까 가족이 부도 직전에 빌려 달라고 할 때는 90퍼센트 이상 받을 가능성이 없습니다. 상황과 조선이 그렇다는 거예요. 그러기 때문에 돈을 주지 말라는 게 아니라, 빌려주지 말고 그냥 주라는 겁니다. 형제, 친구가 1000만 원 빌려 달라고 할 때 "그만한 돈은 없고, 이거라도 보태 써라" 하고 100만 원 정도 주는 걸로 끝내야 한다는 말입니다.

그리고 형제간에는 보통 이자를 안 받고 빌려줍니다. 이때 이 돈은 돌려받을 확률이 떨어집니다. 이자가 높으면 사기당할 확률이 높고, 이자가 없으면 돈 돌려받을 확률이 낮습니다. 사업을 하다 보면 돈이 늘 필요합니다. 그래서 이자가 높은 것부터 갚다 보면 이자가 없는 것은 돈이 있어도 갚는 것을 미룹니다. 빌려준 사람으로서는 못 받을 확률이 높은 것입니다.

남이면 차용증이라도 제대로 받지만 가까운 사람에게 빌려줄 경우에는 차용증도 잘 안 챙겨서 법적인 구제도 받기 어렵습니다. 이럴 때 돈에 연연하면 자기 건강을 해치고 사람도 잃습니다. 그러나 받겠다는 생각을 놓아 버리면 돈은 버리더라도 사람은 잃지 않을 수 있습니다. 돈 때문에 누군가를 미워하면 사람도 잃어버리게 되는 거예요.

평생 일해서 받은 퇴직금도 한순간에 날린 사람이 많습니다. 그런데 생각지 않게 들어온 돈을 잃었으니 '공짜는 공짜구나' 생각하고 탁 놔 버려야 합니다. 물론 아쉬움은 있겠지만, "쉽게 번 돈 쉽게 없어진다"라는 말도 있잖아요? 또 옛날부터 쉽게 돈을 벌면 사람을 망치는 경우도 흔히 볼 수 있었습니다. 로또에 당첨된 사람을 전 세계적으로 조사했는데 제 명대로 산 사람이 별로 없고 대부분 가정이 파탄되었다고 합니다. 쉽게 버는 게 좋은 건 줄 알았더니 결국은 재앙이 된 겁니다.

이럴 때는 "본래 내 것은 아무것도 없습니다" 이렇게 기도해야 합니다. 우리 모두는 빈손으로 왔다가 빈손으로 가는데 단지 내 손에 들어오면 내 것이라고 착각할 뿐입니다. 그런데도 잃어버린 돈 때문에 계속 괴로워하면 내 건강만 해치고 자식이나 남편이나 주위 사람들까지도 힘들게 합니다. 지금이라도 정신을 차리면 원래 없던 돈이니까 돈만 잃고 더 이상은 잃지 않을 수 있습니다.

나이 들어 창업할 때는
관점을 이렇게

한 기업에서 오랜 기간 일한 사람이라면 그간에 쌓은 전문지식을 바탕으로 창업을 하고 성공하여 노후를 보장하겠다는 생각을 할 수 있습니다. 20년 정도 다니던 대기업을 퇴직한 뒤에 '대박 나겠다'는 좋은 아이디어가 떠올라 창업을 했는데, 생각보다 연구개발이 느리고 정부 관계자들과 조율도 잘 안되어 걱정하는 사람이 있었습니다. 2, 30대라면 도전해 보고 실패하더라도 다시 일어날 수 있을 텐데, 10살 된 아이도 있고 노후도 생각해야 하는 상황이 고민이라며 질문을 했습니다.

"집 팔고 논 팔아서 사업을 했다가 실패하면 저한테 두 번의 기회는 없을 것 같습니다."

"대박 나겠다 싶으면 논도 팔고 집도 팔면 되지, 왜 안 하려고 해요?"

"정부에서 승인을 안 해 주면 어떡하나 싶어서요. 저는 정말 자신 있게 개발할 수 있는데 관료들이 조금 보수적이잖아요. 정부에서 계속 시간 끌고 승인을 안 해 주면 결국 그동안 쏟아부은 돈이 그냥 '영'이 되거든요."

"그럼 망하면 되죠."

"망하고 나면 뭐 하고 살아야 할까요?"

"망하면 경력도 있고 하니 자기 전공에 관계되는 직장을 다시 구하면 되죠. 예전에 연봉이 1억 원이었다면 연봉이 5000만 원인 직장에 다니면 되지요."

새로운 사업에 도전하고 투자하면서 실패할 걸 두려워하는 것은 어리석은 짓입니다. 노름판에 가서 판돈을 걸 때 버릴 생각을 해야 할까요, 딸 생각을 해야 할까요? 버릴 생각을 해야 해요. 판돈을 걸 때는 '에잇, 이 돈은 버린다. 그리고 집에 간다' 마음먹고, 그래서 버려지면 탁 털고 오면 되고 따게 되면 가지고 오면 됩니다.

성공하고 실패할 확률은 반반인데 50퍼센트를 보고 투자할 건가요? 저 같으면 50퍼센트의 성공 가능성에는 투자하지 않습니다. 저는 항상 90퍼센트가 넘어야 투자를 합니다. 승률이 10퍼센트만 돼도 하는 일이 있다면 그건 사람을 살리는 일이에요. 승률이 10퍼센트만 되더라도 죽을 각오를 하고 합니다. 사람을 살리는 일이 아니면 위험부담을 안을 이유가 뭐가 있어요? 돈이 뭐라고, 돈 좀 벌려고 위험부담을 안아요?

돈에 목숨을 거는 것은 어리석은 짓입니다. 돈을 벌기 위해서 엄청난 돈을 잃을 각오도 마다하지 않잖아요. 제가 볼 때는 집 팔고 논 판 돈으로 죽어 가는 생명을 살릴 수 있다면 그건 참으로 의미가 있습니다. 그런데 투자하겠다고 마음을 먹는다면 돈을 잃을 각오를 해야 합니다. 그래야 실패를 해도 후회가 없어요.

'그래, 마음껏 한번 해 봤다. 그러니 있던 집 딱 버리고 전세로 옮기거나 월세방으로 가면 된다. 전에는 연봉 1억 원을 받았지만 내일 아침부터 연봉 5000만 원, 아니 3000만 원을 받더라도 직장에 다니면 되지. 아직 젊은데 정부 보조금 받으면서 살 수야 있나. 스스로 벌어서 먹고살아야지.' 이런 마음을 딱 내야 사업을 할 수 있어요.

소위 간이 작으면 무리한 사업은 할 수 없습니다. 정부 지원금도 탈락했고 공무원들도 부정적이라면 승인 날 확률도 낮겠지요. 확률이 낮은 일에 도전할 때는 특별한 무슨 이유가 있어야 합니다. 그리고 대박이 나길 원한다면 쪽박 찰 각오도 해야지요. 아무런 위험부담 없이 대박이 나지는 않습니다.

첫째, 자본이 많다면 이 정도쯤은 버려도 괜찮다는 마음으로 사업을 해야 해요. 둘째, 자본이 없다면 확률이 아주 높은 일에만 투자를 해야 해요. 셋째, 자본이 없으면서 대박을 노린다면 쪽박 찰 각오를 하고 과감하게 투자해야 합니다. 이 셋 중에서 하나를 선택해야 해요. 제 말의 요점은 어떤 선택을 해야 돈을 버느냐가 아니에요. 사업을 하든 않든 어떻게 인생을 괴로움 없이 살 것이냐가 핵심입니다.

"승률이 높은 쪽에 투자하고 안전을 도모하겠어요? 쪽박을 차는 한이 있더라도 대박을 노리고 투자를 하겠어요?"

"탁 버려도 되는 만큼의 자본금만 가지고, 위험부담을 줄여 가면서, 하는 데까지 해 보고 싶습니다. 좋은 결과가 나오면 다행이지만, 할 수 있는 만큼 했는데도 안 되면 탁 털고 연봉 3000만 원 직장을 찾아가겠습니다."

'조금만 더 하면 되는데...' 하고 미련을 가지면 쪽박을 차게 됩니다. 요거 요거는 남겨 두고 나머지는 집어넣어서 될 때까지 해 보되, 안 되면 탁 털고 일어난다는 관점을 갖는 것이 필요합니다.

퇴직 후 3년 동안
복 짓기

30년 동안 군 생활을 했는데 퇴직한 뒤에는 어떤 일을 해야 할지 걱정이라는 분이 있었습니다.

공무원은 요즘 가장 선망하는 직업 중 하나인데, 그 직업의 좋은 점 가운데 하나가 퇴직 후 연금이 꼬박꼬박 나온다는 겁니다. 그러니까 노후를 걱정할 필요가 없습니다. 물론 현재 소득이 500만 원이라면 연금은 300만 원이든 200만 원이든 좀 적어지긴 하겠지만 그래도 먹고사는 기본 생활은 할 수가 있습니다.

욕심을 내서 연금을 한꺼번에 타서 사업하려고 하면 실패하기 쉽습니다. 그러니 절대로 연금을 한꺼번에 타면 안 되고 적더라도 꼬박꼬박 매달 받는 게 낫습니다. 부족하면 어디 가서 일을 해서라도 보태는 게 낫지, 욕심내서 투자하면 날리기가 쉽습니다. 게다가 공무원 생활을 한 분들은 실제 세상 물정을 잘 모를 수 있기 때문에 불쑥 투자하거나 사업을 시작하면 십중팔구는 다 날리고 맙니다.

공무원으로 일하다 퇴직하면 적어도 3년은 사회에 봉사하겠다고 마음먹는 게 좋습니다. 지난 30년 동안 나라의 녹祿으로 먹고살았으니까 '30년 동안 먹고살게 해 준 나라와 국민에 은혜를 갚는다'는 마음으로 세상에 필요한 일을 무료로 하는 겁니다. 자원봉사로 청소를 한다든지, 자기 재능을 기부하는 일을 한다든지 해서 한 3년 복을 지어야 합니다. 이런 것을 사회로부터 받은 은혜를 '회향'한다고 합니다.

그러고 나서 슬슬 움직여 할 일을 찾으면 됩니다. 또 자기 취향이나 재능에 맞게 봉사활동을 하다 보면 퇴직과 동시에 자연스럽게 일과 연결될 수도 있습니다. 시골에 가서 농사를 지을 수도 있습니다. 물론 이것만으로는 벌이가 되지 않지만, 연금이 있으니까 기본 생활은 걱정이 없잖아요. 그러면 가벼운 마음으로 농사를 지으며 살아갈 수도

있습니다.

퇴직이 몇 년 안 남았다면 그동안 퇴직 후를 미리 준비해 가면 됩니다. 관심 있는 일을 배울 수도 있는데, 가령 농사에 관심이 있으면 시골에 주말마다 내려가서 농사일을 3, 4년 도와주다 보면 자연스레 일을 배울 수 있습니다. 필요하면 그 동네의 땅을 동네 시가로 살 수도 있습니다. 외지인으로 들어가서 사려고 하면 두세 배 비싸게 주고 살 가능성이 높지만 동네 사람들과 친분을 쌓아 두면 싼값에 살 수도 있습니다.

그리고 퇴직한 뒤에야 수행을 시작할 게 아니라 직장에 다닐 때 미리 마음공부를 시작하면 노후에 대해 불안해하지 않고 마음 편하게 지낼 수 있습니다. 그러면 퇴직이 얼마 남지 않았다고 막연하게 걱정하지 않게 됩니다. 남은 기간 동안 마음도 챙기고 이런저런 것을 배우고 봉사활동도 해 나가면 '퇴직하고 나면 어떻게 할까' 하는 두려움 없이 몸과 마음의 준비를 해 나갈 수 있습니다.

은퇴 뒤에
자유롭게 살 권리

은퇴한 뒤에 귀농을 꿈꾸는 분들이 있습니다. 이때 부부가 뜻이 맞으면 좋지만 배우자가 반대하면 실천하기가 쉽지 않습니다.

한 부인이 남편이 예순둘인데 한번 살아 본 적도 없는 농촌에 가서 살고 싶어 한다고 불만을 털어놓았습니다. 그런데 그 부인이 남편의 귀농을 반대하는 이유가 이랬습니다.

"아들이 서른한 살인데 같이 살고 있거든요. 일이 바빠서 힘들게 살고 있는데, 애 장가도 보내지 않고 혼자라도 가서 살아 보겠다고 하니 제가 마음이 안 놓여요."

남편이 평생 돈 버느라 고생하고 이제 예순이 넘어서 시골 가서 한번 자기 뜻대로 살아 보겠다는데 그 자유도 안 주고, 고작 서른 살 넘은 아들을 걱정하면서 귀농을 반대한다는 겁니다.

부모가 스무 살 넘은 자식에게 신경 쓰는 것은 자식에게도 나쁘고 부모에게도 좋지 않습니다. 자식이 명문대 나오고 좋은 대기업에도 다닌다는데 왜 독립을 안 할까요? 이유 중 하나는 엄마가 돌봐 주기 때문에 불편한 게 없어서예요. 엄마가 자식에게 도움을 주지 않아야 아들이 독립을 합니다.

사실은 본인이 내려가기 싫으니까 자식 핑계를 대는 겁니다. 연금 나오는 것 가지고 도시에서 편하게 살면 되는데 농촌에 가겠다는 것이 마음에 안 드는 거예요. 차라리 자식 핑계 대지 말고 남편에게 내려가기 싫다고 말하고 서로 편한 방식을 찾는 것이 좋습니다. 거주 이전의 자유가 있잖아요. 부인은 도시에 살 자유가 있고 남편은 농촌으로 갈 자유가 있습니다. 그러니까 남편의 자유를 막지 말고 본인도 남편에게 억지로 끌려갈 필요가 없다는 겁니다.

아들은 혼자 살도록 내보내고, 본인은 지금 집에서 살고, 남편은 시골로 내려보내서 세 사람이 따로따로 살아도 됩니다. 이제는 남편이나 자식 걱정 안 하고 홀가분하게 살아도 되잖아요. 남편도 노후에 할 일 찾아서 갔겠다, 아들은 다 커서 독립할 때가 되었겠다, 그럼 이젠 자유롭게 혼자 살 권리가 있습니다.

혼자 살면 생활비가 많이 든다고 하는데, 혼자 살려면 그 정도 대가는 지불해야 합니다. 어쨌든 남편은 연금 받아 사니까 내보내 주고, 본인은 서울에 살면서 슈퍼마켓 같은 데 가서 일해 주고 한 달 생활비 정도 벌면 살 수 있잖아요.

아니면 아들을 스무 살 넘어서까지 키웠으니까 한 달에 한 30만 원씩 용돈을 받아 써도 됩니다. 결혼하기 전까지는 아들 돈을 팍팍 받아 쓰는 게 좋아요. 그래야 본전을 뽑지, 나중에 결혼한 뒤에 달라고 하면 갈등이 생기니까 미리 다 받아 쓰는 게 현명합니다.

그러다 혼자 살아서 외롭다면 아들을 부를 게 아니라 남편에게 내려가야 합니다. 자기 남자는 남편이지 아들이 아니에요. 자꾸 아들을 남편 삼으려고 하면 서로 장애가 됩니다. 일단 아들을 내보내고 혼자 있는 남편을 따라 내려가든 해야 집안이 잘됩니다.

농사짓겠다는 남편을 못마땅해하는 부인을 보면 저는 결혼하지 않기를 참 잘했다는 생각이 듭니다. 남편도 지금까지 가족을 위해 일했으면 노후에라도 자기가 하고 싶은 걸 하게 해 주어야 하는데 부인이 그것마저 간섭하고 반대하잖아요.

가족이라고 내 마음대로 구속할 게 아니라 자유롭게 살도록 서로 놓아줄 수 있어야 합니다. 그래야 남편도 건강하게 오래 살고 자식도 제 갈 길 가서 행복하게 살 수 있습니다.

목사님은 정규직,
스님은 비정규직

몇 분이 대화하는 자리에서 누군가 물었습니다.

"목사님도 정년이 있어요?"

한 분이 "예순여덟이 정년"이라고 대답하자, 또 물었습니다.

"스님들도 정년이 있나요?"

"목사님들은 정규직이기 때문에 정년이 있고, 스님들은 비정규직이기 때문에 정년이 없습니다."

제 말에 모두 웃었는데, 비정규직이 사회 문제로 되다 보니 연결돼서 나온 얘기입니다.

흔히 정규직은 무조건 좋고 비정규직은 나쁘다는 식으로 이야기하는데 이처럼 단정 지어서는 안 된다고 봅니다. 갈수록 정규직의 비율이 낮아지고 비정규직의 비율이 높아질 텐데 그것을 사회 현상이라고 봐야지, 꼭 사회가 잘못되어서 나타나는 것이라고 볼 수는 없기 때문이에요.

정규직이 좋은 것 같지만 다른 측면에서 보면 한 사람이 한 직장에 평생 매이는 겁니다. 옛날에는 종이 양반집의 정규직이고 자유노동자는 비정규직이었습니다. 이처럼 정규직과 비정규직을 보는 관점을 달리할 필요도 있다는 겁니다. 만약에 제가 세속 생활을 했다면 비정규직을 선택했을 것 같습니다. 돈보다는 제 취미와 의미가 있는 쪽으로 자유롭게 일을 선택하는 게 낫지 않나 해서입니다.

비정규직이 다 정규직이 돼야 한다는 데에만 초점을 맞추면 해결책도 없고 수많은 비정규직 사람이 늘 열등의식 속에 살아야 한다는 문제가 있습니다. 회사 입장에서 볼 때, 회사를 유지하는 데 필요한 직원이 100명이고 가끔 일이 잘될 때는 한 30명 더 필요하다면, 꼭 필요한 100명을 정규직으로 잡고 비정규직은 필요할 때 받았다가 내보내기도 하는 임시직으로 할 수 있습니다.

그런데 지금 비정규직의 문제는 회사가 인건비를 줄이기 위해 정규직 자리에 비정규직을 뽑고는 일은 똑같이 시키고 월급은 정규직의 절반밖에 안 주는 데에 있어요. 신분도 불확실한데다 월급도 절반밖에 안 주니까 확실히 부당한 대우에 해당합니다. 이것은 분명 합리적으로 개선되어야 합니다.

정규직으로 뽑았을 때 한 달에 300만 원을 준다면, 임시직으로 뽑을 때는 6개월 혹은 1년 기한을 두고 한 달에 500만 원을 줘야 합니다. 비정규직 또는 임시직이 정규직보다 시간당 또는 일당으로 계산

할 때는 월급을 더 받아야 전체 임금에 균형이 잡힙니다. 다른 나라도 대부분 이렇게 되어 있는데, 우리나라의 비정규직은 정규직과 똑같이 일하면서, 그것도 6개월 정도가 아니라 몇 년을 일하는데도 불평등한 대우를 받고 있어요. 이것은 사회의 임금 체계가 정의롭지 못한 데서 비롯된 겁니다.

지금의 제도도 바꿔야 하지만, 개인들의 생각도 좀 바뀌어야 하는 측면이 있습니다. 개인적으로는 검소하게 사는 쪽으로 생각을 바꾸고 일에 대한 고정관념도 바꾸면 사실 편하게 살 수 있는 길은 얼마든지 있습니다. 그런데 늘 일은 적게 하면서 돈은 많이 받는, 남 보기에 번드르한 곳만 쳐다보고 있으면 이 문제는 아무리 제도를 바꿔도 해결이 안 됩니다.

지도자는 개인에게 책임을 묻고 개인은 자꾸 제도에 책임을 물으면 끝이 안 납니다. 어차피 인생은 지금 이 순간에 살고 있는데 제도 개혁은 시간이 걸리잖아요. 물론 끊임없이 제도 개혁을 요구하고 개선책을 강구해야 하지만 그 과정에서도 나는 행복하게 살아야 합니다. 불평불만 속에서 괴롭게 산다면 내 인생을 낭비하는 거예요. 그래서 개개인도 조금 사회를 긍정적으로 보고 그에 맞게 대처하는 것이 필요하다는 겁니다.

특히 나이가 들어가면 임금의 의미도 새롭게 받아들여야 합니다. 예전에는 500만 원, 300만 원 받고 일했더라도 이제는 100만 원 받고도 일할 수 있고, 전에는 돈 받고 일했더라도 이제는 돈 안 받고 봉사하면서 앞으로 남은 20년, 30년을 보람 있게 사는 길을 찾을 수 있습니다. 그것이 사회의 일원으로 살면서 사회로부터 받았던 것을 사회로 되돌리는 길이기도 합니다.

기성세대는 어릴 때 농촌에서 산 사람이 많습니다. 그래서 낫질도 할 줄 알고 삽질도 할 줄 아니까 시골에 가면 할 수 있는 일이 많습니다. 그런데 젊은 사람은 경험이 없으니까 그런 일을 안 하려고 합니다. 책상에 앉아 펜대를 굴리다 새삼스럽게 농사일을 하면 인생이 바닥으로 떨어지는 것처럼 여기는데, 사실은 나이 들수록 몸을 움직여 일하는 것이 훨씬 건강에 좋습니다. '무엇이든 할 수 있다'는 마음으로 열심히 땀 흘리며 일하고 깨끗이 씻은 뒤 막걸리 한잔 마시고 푹 자면 몸도 마음도 건강해서 훨씬 오래 살 수 있습니다.

서로 다름을 인정하면
다툼이 사라진다

    사회생활에서 가장 힘든 것은 정작 일이 아니라 인간관계일 때가 많습니다. 특히 직장에서 상사, 동료, 후배와 갈등이 일에 대한 부담보다 더 크게 작용합니다.

    "제 상사들은 정말 말도 안 되는 소리를 합니다. 일에 대한 개념도 없어요."

    어떤 분이 직장 생활의 어려움을 이야기했습니다. 그런데 '상사가 말도 안 되는 소리를 한다'는 표현이 굉장히 주관적입니다. 상사는 자기 식대로 말하는 건데 내 마음에 안 든다고 말도 안 되는 소리를 한다, 개념 없는 소리나 개념 없는 짓을 한다고 말하는 것은 굉장히 주관에 사로잡혀 있다고 볼 수 있습니다.

    세상 사람은 서로 다른 특성을 가지고 있습니다. 나는 내 관점을, 상대는 상대의 관점을 가지고 있습니다. 나는 이런 가치관을 갖고 있지만 저 사람은 저런 가치관을 갖고 있고, 나는 이렇게 느끼지만 저 사람은 저렇게 느끼고, 나는 이런 스타일로 일하지만 저 사람은 저런 스타일로 일합니다. 이건 다만 서로 다를 뿐이에요.

옳고 그르고 맞고 틀리고가 너무 분명하면 나만 옳다고 생각하고 상대의 관점이나 가치관을 무시하기 쉽습니다. 일의 효율을 따질 때는 내가 나을 수도 있지만 서로 화합하는 관계로 따지면 내가 못할 수도 있습니다. 효율만 따져서 내가 무조건 옳다고 생각할 수는 없어요. 어떤 사람은 일은 참 잘하는데 화합이 안 돼서 전체 분위기를 해치고 오히려 업무에 부정적인 영향을 미치게 되는 경우도 있습니다. 또 어떤 사람은 성격은 참 좋은데 일머리가 없어서 문제가 되는 경우도 있습니다. 또 사람은 참 좋지만 맺고 끊는 게 불분명해서 뒤끝이 흐지부지한 사람도 있습니다.

아래 직원들 중에는 일을 잘 못해서 스트레스를 주는 사람도 있습니다. 그런데 동료나 후배가 일을 잘 못하는 게 꼭 나쁜 것은 아닙니다. 그러면 내가 승진할 기회가 많아지잖아요. 아랫사람이 금방 배워서 내가 하던 일을 다 하고, 내가 5년 동안 만들어 낸 노하우를 1년 만에 다 통달한다면 그가 나보다 윗자리로 갈 수밖에 없습니다.

직장에서 다양한 사람이 모여 일할 때는 서로 다르다는 것을 받아들이는 게 굉장히 중요합니다. 옳다 그르다가 아니라 그냥 '저 사람은 저렇구나' 하고 다름을 인정하는 겁니다. '저 사람이 살아온 배경이나 처지, 조건에서는 그럴 수도 있겠다.' '상사라는 조건에서는 그렇게 볼 수도 있겠다.' '아랫사람 입장에서는 그렇게 볼 수도 있겠다.' 이렇게 이해하면 상대의 일거수일투족에 스트레스를 덜 받게 됩니다. 그러면 우선 자기가 편안해지고 서로 화합하는 데 도움이 됩니다.

직장 상사가 말도 안 되는 소리를 한다고 어려움을 얘기했던 분이 직장 생활에서 스트레스를 많이 받아 얼마 전에 갑상선암으로 수술까지 받았다고 합니다. 불만이 많으면 스트레스도 많아서 그런 병이 생길 확률이 높습니다. 화가 크게 나면 핏대 세운다는 말을 하는데, 화병이 생기면 그 부정적인 에너지가 건강에 나쁜 영향을 미치는 겁니다.

직장 생활에서 분별심이 강한 경우에는 '저 사람과 내가 다르다'와 '그 사람 입장에서는 그럴 수도 있다'라는 두 가지를 늘 자기 내면에 암시하는 게 필요합니다. 그렇지 않으면 오래 못 견디고 스스로 뛰쳐나오기 쉽습니다. 정확하고 빡빡한 성향이 일하는 데는 도움이 되지만 인간관계에서는 꼭 좋은 것이 아니에요. 그리고 다른 사람들이 다 나쁜 사람들은 아니라는 것을 인정하고 수용하면 함께 일하기가 좋아질 수 있습니다.

옳고 그르고 맞고 틀리고가 너무 분명하면
나만 옳다고 생각하고 상대의 관점이나 가치관을 무시하기 쉽습니다.

일에서 내 삶의 활력소를
만드는 법

젊을 때는 의욕적으로 일하다가 어느 순간 일이 재미없어지는 때가 있습니다. 그래서 회사를 습관처럼 왔다 갔다 하다 보니 생활에 활력이 없고 삶이 무미건조하게 느껴질 때가 있습니다. 이럴 때는 '일이란 무엇인가, 어떻게 해야 일에서 활력과 재미를 얻을 수 있는가'를 생각해 볼 필요가 있습니다.

사람이 기쁨을 얻는 데는 두 종류가 있습니다. 하나는 자기가 원해서 일을 할 때 재미가 있습니다. 그런데 재미는 있는데 지나고 보면 좀 무의미할 때가 있습니다. 젊을 때 술 먹고 매일 놀 때는 참 재밌었는데 한 10년 지나서 돌아보면 아무것도 한 게 없고 세월을 낭비한 것같이 느껴집니다. 술집에 가서 막 떠들고 웃고 재미있게 놀았는데 문을 열고 나오면 뭔가 허전합니다. 남는 게 없고 유익함이 없기 때문이에요. 그래서 인생에서 너무 재미만 좇다 보면 나중에 허전함이라는 후회가 뒤따라올 위험이 있다는 겁니다.

사람은 또 남에게 뭔가 쓰임이 있었을 때, 어떤 유익한 일을 했을 때 기쁨을 느낍니다. 그때는 굉장히 힘들었지만 되돌아보면 그때 한 일에 대해서 자부심이 생깁니다. 참 의미가 있었다, 참 유익했다, 참 잘했다, 힘들었지만 참 잘했다 싶은 게 있습니다.

보통 사람들은 주로 재미만 갖고 인생의 즐거움으로 삼습니다. 그러면 반드시 뒤에 후회나 허전함, 공허감 같은 것이 생기게 됩니다. 한편 또 너무 삶의 의미 같은 것만 찾으면 현재의 삶이 힘들어지고 스트레스도 많아져 지치기 쉽습니다. 이 두 가지가 적절하게 어우러지면 가장 좋은데, 바로 남에게 도움이 되는 일이 곧 자기 일이 되는 겁니다. 그러면 가장 조화로운 상태가 되는데 우리는 보통 이 둘이 분리된 삶을 삽니다.

예를 들면, 사회운동가들은 의미 있는 일을 하지만 스트레스가 많습니다. 그래서 지치면 좀 쉬면서 자기 욕망을 위해서 일해 보는 것도 필요합니다. 너무 남만 생각하지 말고 자신의 소망도 충분히 수용하고 여유를 가지는 거예요. 그러면 다시 생기가 돌고 시간이 지나면 다시 사회에 관심이 가기도 합니다.

반대로 개인 일에만 충실했던 사람은 약간 지쳤을 때 자기 존재가 세상에 유의미한 존재라는 걸 자각할 수 있는 일을 하면 다시 생기가 돕니다. 그러니까 그동안 자기 원하는 대로 재미나는 것을 좇았는데, 조금 나이가 들어 허전함이 왔을 때는 의미 있는 일을 찾아서 해 보는 게 좋습니다. 자기 재능을 필요한 곳에 쓴다든지, 직장 일과 다른 성격의 육체노동 같은 봉사를 해 보면 생기가 돌 수도 있습니다.

저는 20대 때 슬럼프에 빠지면 주로 단식을 했습니다. 문 닫고 들어가서 일주일을 굶었습니다. 생명체라는 건 단식을 하면 살고자 하는 욕구가 강하게 일어나기 때문에 정신적으로도 활기를 되찾는 것 같았습니다. 일이 재미없고 활력이 없다 싶을 때는 지금까지 해 온 습관에서 벗어나 새로운 방향에서 시작해 보면 다시 생기를 찾을 수가 있습니다.

저에게 강연은 놀이와도 같습니다. 그래서 일과 재미가 따로 있지 않습니다. 제가 만약에 강사료를 받고 강연하면 어떻게 달라질까요? 한 시간에 100만 원이라면 한 시간 반 하면 50만 원을 더 받아야 합니다. 만약 돈 때문에 강연을 하면 예상보다 돈을 적게 받을 때는 기분이 나쁘겠죠. 이렇게 되면 내가 돈에 매이게 됩니다. 제가 돈을 안 받고 강연하는 이유는 그래야 놀이가 되기 때문입니다. 그래서 강연을 하루에 세 번 네 번 해도 지치지 않습니다. 놀 때는 좀 오래 놀아도 괜찮잖아요.

요청받은 강연 중에 가능하면 안 하려고 하는 강연이 있습니다. 첫째가 방송국 강연입니다. 방송국 강연은 청중이 돈을 받고 강연을 듣습니다. 돈을 내고 강연을 듣는 사람의 경우에는 굉장히 집중력이 높은 데 반해 돈을 받고 강연을 듣는 사람들은 정해진 시간보다 강연 시간이 길어지면 힘들어하는데 마치 초과수당을 달라는 것 같습니다. 그 사람들은 들어주러 왔기 때문에 강연에 별 호응이 없습니다. 카메라가 자기에게 오면 뭔가 쓰면서 듣는 척하지만 카메라가 지나가면 딴짓을 합니다. 그래서 강연 중에 청중과 호흡이 잘 안 맞아요.

두 번째 호흡이 안 맞는 부류는 군대나 공무원, 직장의 특강입니다. 강연에 참석하도록 출석을 확인하니까 억지로 와서 듣기 때문이에요.

세 번째가 학교 수업 특강입니다. 한 대학교에 갔더니 전부 출석을 확인하는 겁니다. 그러면 이 학생들은 정말 원해서 강연을 듣는 게 아니고 점수 때문에 억지로 나온 거라서 집중력도 떨어지고 호응도 떨어집니다.

제일 강연하기 좋은 사람은 돈 많이 내고 오는 사람입니다. 이건 자기가 원해서, 돈까지 내고 왔기 때문에 한마디도 놓치지 않으려고 눈이 반짝반짝합니다.

그러니까 돈을 얼마 더 받고 안 받고를 선택의 기준으로 삼는 것이 아니라, 내 쓰임새가 어디에 있느냐에 따라 평가를 해야 합니다. 또한 일과 재미가 함께 있다면 일이 곧 놀이이기 때문에, 일 끝난 후에 다른 곳에 가서 삶의 활력을 찾으려고 굳이 애쓸 필요도 없어집니다.

'왕년에'라는
의식 내려놓기

예전에는 예순 살이면 노인으로 봤습니다. 그래서 예순 살을 정년으로 했는데 지금은 예순 살이 신체적으로 보면 옛날의 50대처럼 건강합니다. 수명도 길어졌기 때문에 정년을 한 10년 정도 연장해야 한다고 봅니다. 그런데 여기에는 조건이 있습니다. 젊은이도 일자리가 없는데 정년을 연장하면 젊은이들 일자리가 더 없어지기 때문에 일자리 나눔이 좀 필요합니다.

예를 들어 쉰여덟 살이 정년인데 그때 받는 월급이 500만 원이라고 칩시다. 정년을 연장하면서 500만 원을 유지한다면 회사도 부담이 되고 일자리도 모자랍니다. 또 나이가 들면 지혜, 경험은 있지만 동작이 느릴 수밖에 없고 기술력도 딸릴 수밖에 없습니다. 그럴 때는 그동안 쌓은 경험을 회사에서 더 활용하는 대신 직위는 밑으로 내려오는 방법이 있습니다. 부장이라면 그 직위를 후배에게 넘겨주고 고문이나 자문 위원 쪽으로 자리를 바꾸고 월급도 500만 원에서

300만 원으로 줄이는 겁니다. 70대가 되면 근무시간도 좀 더 줄이고 일주일에 3일만 나가고 월급도 200만 원만 받는다든지 해서 조정을 합니다. 그러면 그분이 가지고 있는 재능을 효율적으로 쓰면서 회사의 부담도 줄일 수 있습니다.

나이가 들면 업무에 대한 고정관념도 버릴 필요가 있습니다. 부장으로 지내다가 수위를 할 수도 있잖아요. 사회적으로 직업에 귀천이 없다는 개념이 보편화되면 사장이던 사람이 자기 회사에서 수위를 할 수도 있고, 그렇게 되면 수위를 얕보는 게 아니라 더 존경하는 일이 생길 수 있습니다. 또 학교 교장 선생님도 은퇴해서 아무것도 안 하는 게 아니라 오히려 젊은 선생님들 수업을 도와주는 역할을 한다든지, 일주일에 한 번씩 수업에 들어가서 손주 돌보듯이 교육도 할 수 있습니다. 이런 걸 적절하게 안배하면서 월급도 낮추고 시간 배정도 좀 줄이면 나이 들어서도 무리하지 않고 일하면서 용돈도 버는 구조를 만들 수 있습니다.

요즘은 나이가 들면 사회에서 아무 일도 할 수 없는 사람 취급을 하는데, 노인들이 할 수 있는 일은 찾아보면 얼마든지 있습니다. 우리 수행공동체에서 젊은 사람들이 김치나 된장을 담그면 맛이 없는데 나이 든 보살님들이 하면 맛이 납니다. 그런데 이분들은 힘이 부쳐서 힘든 일을 못하니까 이럴 때는 젊은 사람들과 일을 나누면 조화를 이룰 수 있습니다. 젊은 사람들이 힘쓰는 일을 하고 노인들은 양념 배합 때나 배추 절일 때 조언을 해 주면 일이 굉장히 효율적으로 이루어집니다. 밭에서도 노인들의 손길이 가면 상추, 배추가 다 잘 자라는데 젊은 사람이 하면 도무지 농사가 되는 게 없습니다. 그럴 때 씨앗을 심고 보살피는 일은 노인들이 봐주고, 힘들고 큰일은 젊은 사람들이 하면 조화를 이룰 수 있습니다. 그러면 나이가 여든이 돼도 다 제 역할을 할 수가 있어요.

시골에 가 보면 노인들이 장정처럼 일합니다. 젊을 때는 도시에서 직장 다니는 게 좋아 보이고 농촌에서 농사짓는 사람들은 조금 처진 것처럼 보이지만, 늙어 보면 농사짓는 사람은 일흔이 돼도 은퇴라는 게 없습니다. 자기 힘닿는 데까지 일할 수 있고 여든이 돼도 자기가 농사지어 자식에게 무엇이든 보내 주지, 자식에게 얻어먹고 살지는 않습니다.

나이가 들어갈수록 몸을 움직이고 자신의 쓰임을 온전히 다해야만 생기가 있습니다. 가난하고 어려운 나라의 노인들은 오히려 눈에 생기가 넘치는 반면, 공원에 편하게 앉아 있거나 흔들의자에 기댄 미국의 노인들은 눈에 생기가 없습니다. 별 할 일 없이 육체적으로 편하게 산다고 반드시 좋은 게 아니에요. 밭에서 김을 매든지, 청소를 하든지, 뭘 해도 하는 것이 몸과 마음의 건강에 좋습니다.

6장

잘 물든 단풍은
봄꽃보다 아름답다

●
자연이 변화하듯 편안하게 물들어 가면
그 인생에는 이미 평화로움이 깃들어 있습니다.

서로 생각 바꾸고 살기

퇴근 후 아내와 맥주 한잔하면서 직장 일, 사회, 정치 이야기를 하는 게 큰 즐거움이었는데, 그렇게 수십 년 동안 잘하던 아내가 언제부턴가 말도 잘 안 들어 주고, 안주도 잘 준비해 주지 않고, 말하면 토를 달기도 하고, 이야기하는 도중에 혼자 가 버리기도 해서 사는 재미가 없다는 분이 있었습니다. 가서 뭐 하나 보면 법륜 스님의 즉문즉설을 듣고 있는데, 그런 아내를 어떻게 하면 옛날처럼 되돌릴 수 있을지 물었습니다.

"질문자는 예전보다 돈을 더 많이 벌어요. 적게 벌어요?"

"지금이 훨씬 더 많이 법니다."

"그러면 지금 부인은 남편이 없어도 살 만하다는 얘기네요?"

"그렇지요. 아내의 재산을 따로 다 마련해 놓았으니까요."

"옛날에는 질문자가 없으면 못 살 것 같으니까 듣는 척했고, 지금은 '너 없어도 나는 살 수 있다' 이렇게 어느 정도 자립이 된 겁니다.

그래서 부인도 자기 하고 싶은 것을 하려는 거예요. 질문자가 부인을 그렇게 되도록 도와줬잖아요. 재산도 넘겨주고 이렇게 저렇게 정보도 주고 조언도 많이 해 주었잖아요."

"정말 그럴까요? 그럼 곤란한데요…."

이분은 지금 딜레마에 빠진 겁니다. 부인을 자립시켜 놓으니까 알아서 살려고 하고, 그렇다고 자립을 안 시키면 부인이 능력이 없어 같이 사는 재미가 없고요. 자신과 대화도 하고 같이 뭔가 하려면 부인이 좀 똑똑해야 하잖아요.

그동안 술 마셔 가면서 정치 얘기도 하고 온갖 사회 얘기를 해서 부인도 좀 똑똑해진 겁니다. 남편이 돈도 벌어 넘겨줘서 재정도 어느 정도 자립이 되었지요. 그리고 법륜 스님 즉문즉설을 자꾸 들으니까 스님이 '네가 네 인생의 주인이 되어라!'라고 하지요. 예전에는 남편이 제일 똑똑한 줄 알고 숙이고 살았는데 이제 나이가 육십이 넘어가니까 세상이 다르게 보이는 겁니다.

그러니 이제 남편도 생각을 바꿔야 해요. '옛날에는 그랬는데…' 하는 생각을 버리고 변화된 시대에 맞춰서 부인의 이야기도 들어 주고, 밥도 해 주고, 설거지도 해야 합니다. 부인을 존중해 주는 자세가 필요합니다. 자기 얘기만 하지 말고 법륜 스님 즉문즉설을 들으면 어떤지 그 얘기도 좀 들어 주세요. 지금 시대가 어떤 시대인데요.

부인들도 생각을 바꾸어야 합니다. 부인들은 대부분 남편보다 아들에게 훨씬 더 많은 정성을 기울입니다. 그러나 세월이 흘러서 아들이 결혼하면 아들은 다른 여자의 남편이 되지요. 그러니 다른 여자의 남자에게 너무 공들이지 마세요. 아무리 젊고 좋아도 내 남자가 아니고 남의 남자입니다. 조금 늙고 못생겨도 지금 옆에 있는 남편이 내 남자니까 내 걸 확실히 챙겨야 합니다.

지금은 기대 수명이 80세 이상으로 늘어났는데 자녀 수는 확 줄어서 현실적으로 부모를 모시기 어려운 사회가 되었습니다. 이제는 자녀들이 돌봐 줬으면 좋겠다는 생각을 버려야 합니다. 그렇지 않으면 자기가 낳은 자녀들에게 실망하고 섭섭해지기 쉽습니다.

이제는 자녀에게 의지하지 말고 부부끼리 서로 협력하는 것이 가장 중요합니다. 만약 부부 중 한 사람이 먼저 가거나 혹은 헤어져서 혼자 있어 보면, 그래도 서로 돌봐 줄 사람 중에 남편이나 부인보다 더 나은 사람을 찾을 수 없습니다. 나이가 들면 여자는 내 남편 보살피는 게 중요하고, 남자는 내 부인 보살피는 게 큰 투자입니다. 다른 사람한테 한눈을 팔면 안 됩니다. 이런 걸 알고 서로를 아껴야 합니다.

잘 물든 단풍은
봄꽃보다 아름답다

  봄에는 산과 들에 온갖 꽃이 아름답게 피어납니다. 꽃만 아름다운 게 아니라 봄철에 새로 움트는 새싹들도 참 아름답습니다. 새싹들은 여름에 무성해지다가 가을이 되면 단풍이 들고 결국은 가랑잎이 돼서 떨어집니다.

  이 모습을 보면서 흔히 '떨어지는 가랑잎이 쓸쓸하다'고 합니다. 그런데 과연 떨어지는 가랑잎이 쓸쓸한 걸까요? 아닙니다. 바로 그걸 보는 내 마음이 쓸쓸한 거예요. 가랑잎을 보면서 '찬란했던 내 젊음도 저 가랑잎처럼 스러져 가는구나' 하고 나이 들어가는 내 인생을 아쉬워하는 겁니다.

  봄에 피는 꽃, 새싹만 예쁠까요? 가을에 잘 물든 단풍도 무척 곱고 예쁩니다. 봄에 꽃놀이를 가듯이 가을에는 단풍을 보려고 단풍놀이도 많이 가잖아요. 아무리 꽃이 예뻐도 떨어지면 아무도 주워 가지 않지만, 가을에 잘 물든 단풍은 책 속에 고이 꽂아서 오래 보관도 합

꽃이 예뻐도 떨어지면 주워 가지 않지만,
가을에 잘 물든 단풍은
책 속에 고이 꽂아서 오래 보관합니다.

니다.

우리의 인생도 나고 자라고 나이 들어가는데 잘 물든 단풍처럼 늙어 가면 나이 듦이 결코 서글프지 않습니다. 자연이 변화하듯 편안하게 늙어 가면 그 인생에는 이미 평화로움이 깃들어 있습니다.

그렇듯 아름답게 물들려면 어떻게 해야 할까요? 아등바등 늙지 않으려는 욕망을 내려놓고 나이 들어가는 것을 담담히 받아들일 수 있어야 합니다. '노후를 아름답게 잘 마무리해야겠다'는 생각마저도 없이 변화에 순응하는 겁니다. 나이 들면 드는 대로, 늙으면 늙는 대로, 병이 나면 병나는 대로, 머리가 희어지면 희어지는 대로, 주름살이 생기면 주름살이 생기는 대로, 또 아파서 걸음걸이가 불편하면 '그동안 많이 부려 먹었으니까 고장 날 때가 됐지' 하면서 받아들이는 거예요.

자기에게 주어진 처지를 받아들인 사람의 얼굴은 무척이나 편안합니다. 그러면 다른 사람들도 '저분은 나이 들어도 참 밝고 당당하게 사는구나' 여깁니다. 그런 모습이 바로 잘 물든 단풍이 아름답듯이 늙음이 비참해지지 않고, 초라해지지 않고, 순리대로 잘 늙어 가는 거라고 볼 수 있습니다.

잘 물든 단풍이 되기 위해서는 무엇보다 '지나침'을 경계해야 합니다. 과욕을 부리지 않아야 하는데 나이 들어 과한 것은 항상 부작용이 따릅니다. 젊을 때는 무리해도 금방 회복이 되지만 나이 들어서 지나치면 이겨 내지를 못합니다.

첫째, 과식을 하면 안 됩니다. 젊을 때는 많이 먹어도 소화제 먹으면 금방 괜찮아집니다. 그런데 나이가 들면 소화력이 떨어지기 때문에 많이 먹으면 병이 나서 팍 늙어 버립니다. 아무리 맛있어도 과식하면 안 되고 적당히 먹어야 합니다.

둘째, 과음하면 안 됩니다. 젊을 때는 길거리에 쓰러질 정도로 취해도 하루 이틀 지나면 괜찮아집니다. 하지만 나이 들어 과음하면 가을비 온 뒤 기온이 떨어지는 것과 같아요. 가을비가 한번 오면 기온이 팍팍 떨어지듯이 몸이 급격히 망가집니다.

셋째, 과로도 하면 안 됩니다. 젊을 때는 과로하더라도 병원에서 링거 맞고 좀 누워 있다가 일어나면 괜찮아집니다. 그런데 나이 들어서 과로하면 회복이 잘 안 돼요. 그렇다고 아무것도 하지 말라는 뜻이 아니라 몸에 맞게 적절히 활동해야 한다는 겁니다.

나이 들면 뭐든지 지나치면 안 되고 젊을 때처럼 욕심을 내면 안 됩니다. 젊을 때 이것도 하고 저것도 하면 "젊은이가 용기가 있고 의욕이 있다"라고 말합니다. 또 큰 욕심을 내어 무엇을 하려 하면 세상 사람들이 "포부가 크다"라고 말해 줍니다. 그런데 나이가 들어서 그런 생각을 하면 '노욕'이라고 하는데, 좀 추하게 욕심을 부린다는 뜻이거든요. 그리고 젊을 때는 격렬하게 주장해도 결과가 좋은데, 나이가 들면 어떤 주장도 격렬하게 하기보다 평화적으로 설득하고 점

잖음을 유지해야 나도 좋고 세상에도 이익이 됩니다.

　나이가 들면 자꾸 일을 벌이고 계획을 세워서 무언가를 하려고 할 게 아니라 정리를 해 나가야 합니다. 인생을 포기한다는 게 아니고 열매를 맺는 과정이기 때문에 잔가지들을 정리하면서 잘 마무리를 해야 한다는 겁니다.

　또한 나이 들어감을 한탄하거나 나이를 인정하지 않고 젊어지려고 애쓸 게 아니라, '단풍처럼 물들어 가는 나'를 차분하게 바라보고 받아들이는 여유를 가질 필요가 있습니다. 그러면 자연스레 욕심을 하나하나 내려놓을 수 있게 됩니다.

농부보다
목동처럼 살아라

젊음은 유연하고 탄력이 있습니다. 생명력도 크기 때문에 좀 아프거나 다쳐도 금방 낫습니다. 반면 나이가 들어 한 번 아프고 나면 팍팍 늙습니다. 그래서 젊을 때 기분으로 몸을 무리하게 써서 과로하면 안 됩니다. 과로는 다 욕심 때문에 일어나는 겁니다. 적정 수준을 넘어서 억지로 하는 게 과로잖아요. 나이가 들어서는 무엇이든 억지로 하려고 하지 말고 몸에 맞게 해야 합니다.

그런데 젊을 때 과로하는 습관이 있는 시골 노인들은 일을 욕심내어 하다 몸에 무리가 옵니다. 모 심다가 해가 지면 놓아두고 내일 심으면 되는데, 그게 안 돼서 깜깜한데도 끝까지 일하다가 밤에 끙끙 앓는 경우가 많아요. 그래서 일에 욕심내지 말고 다 못 한 것은 내일 또 하는 습관을 들이는 게 좋습니다.

몸은 적당히 쓰면 건강에 좋지만 너무 혹사하면 수명이 단축됩니다. 극한의 운동을 하는 사람이 일반인보다 평균 수명이 짧은데, 에

너지를 한때 지나치게 써서 수명이 단축되는 겁니다. 자동차로 예를 들면 몇 년 쓰느냐가 아니라 몇 킬로미터를 달렸는가를 갖고 수명을 계산합니다. 또 짧은 시간에 지나치게 많이 사용했거나 과속을 하면 그만큼 수명이 짧아집니다. 그러니까 시속 80~100킬로미터를 넘지 않는 속도로, 또 하루에 너무 많이 달리지 않는다면 이삼십 년 써도 크게 손상이 없습니다.

세상에서 가장 건강하게 오래 사는 사람들의 직업이 뭘까요? 흔히 농부라고 생각하는데 농부는 젊을 때 과로를 하는 편이라 백 살 넘어가는 사람이 드뭅니다. 하지만 약간 게으르면 무리하게 일하지 않기 때문에 수명이 길 수 있습니다.

평균 직업군을 따지면 가장 오래 살 수 있는 직업은 목동입니다. 목동은 많이 걷지만, 몸에 무리가 갈 만큼 격한 운동을 하는 건 아니에요. 그리고 목축 지대가 주로 해발 500미터에서 1000미터 이내입니다. 공기가 가장 좋은 지대가 해발 700미터니까, 공기 좋은 곳에서 적당한 운동을 하는 셈이어서 건강한 거예요.

운동은 적당하게 하는 게 좋습니다. 헬스클럽 같은 곳에서 운동을 위한 운동을 하는 게 아니라, 삶을 위한 노동을 적당히 하면서 몸을 움직이는 게 가장 좋습니다. 설거지도 하고 방 청소도 하고, 시골에 산다면 농사일을 하는 게 좋아요. 몸이 조금 안 좋다고 방에 누워만 있으면 오히려 건강이 더 나빠집니다. 조금 힘들더라도 무리하지 않는 수준에서 자꾸 움직여야 합니다. 다리가 좀 아파도 자꾸 걸어야 근육이 굳지 않습니다.

너무 놀면 운동 부족으로 몸이 나빠지고 너무 과하게 써도 과로로 몸이 나빠집니다. 기계도 안 쓰고 오래 놓아두면 오히려 쉽게 망가지는 거예요. 그렇다고 너무 과하게 써도 열이 나기 때문에 늘 적절하게 쓰는 게 가장 오래갑니다. 집도 너무 과하게 쓰면 훼손이 되고 안 써도 훼손이 됩니다. 적절하게 써야 관리가 되어서 오래갑니다.

젊을 때 한 번도 아프지 않고 건강했던 사람들이 갑자기 죽는 경우가 있는데, 그건 건강을 자신하고 무리해서 그렇습니다. 특히 나이가 예순이 넘어가면 몸을 조심해야 하는데, 평생 아파 보지 않은 사람은 늙음에 대해 준비가 안 되어 있어서, 자기 몸을 생각하지 않고 무리를 하니까 갑자기 심장이 멎는다든지 하는 일이 생기는 겁니다.

옛말에 '골골 팔십'이란 말이 있습니다. 건강이 안 좋은 사람은 항상 자기 몸을 조심하기 때문에 오히려 더 오래 산다는 얘기입니다. 물론 무조건 오래 사는 게 좋다는 건 아니에요. 그러나 나이 들어가면 몸이 젊을 때와 달라지기 때문에 나이에 맞춰서 적절하게 활동하는 현명함이 필요합니다.

잔소리와 간섭은
자식과 등지게 한다

　어릴 때는 할머니 할아버지와 사는 걸 좋아합니다. 웬만해선 나무라지도 않고 보듬어 주니까 좋아해요. 그런데 커 가면서 싫어하게 되는데, 그 이유 가운데 첫 번째가 바로 잔소리입니다. 나이가 들면 어딜 가든 젊은 사람들에게 훈계하느라 말을 많이 하게 됩니다. 그런데 아무리 좋은 이야기라도 반복하면 듣기 좋아할 사람은 없어요. 어린아이나 젊은 사람이 재잘재잘 말을 많이 하면 귀엽다고 하지만 나이 들어서 말이 많으면 잔소리가 많다고 다 싫어합니다. 그래서 말을 줄여야 하는데 특히 잔소리를 하지 말아야 합니다.

　그런데 나이가 들면 왜 잔소리와 간섭이 늘까요? 늘 옛날 기준으로 보니까 못마땅한 것이 많이 보여서입니다. 또 살아온 경험이 많으니 젊은 사람의 미숙함이 눈에 많이 띕니다. 그러니까 자꾸 훈수를 두고 싶어 하는 거예요.

　예를 들어, 시골에서 칠팔십 된 노인은 날이 궂으면 비 온다는 걸

압니다. 그런데 며느리나 딸이 마당에 널어놓은 고추를 걷지 않으니까 "얘들아, 비 올지 모른다, 고추 걷어라" 이럽니다. 자식들이 딴 일한다고 정신이 없으면 두 번 세 번 얘기합니다. 그럼 잔소리가 되는 거예요. 이럴 때 젊은 사람이 "네, 알겠습니다. 우리 어머니가 선견지명이 있으시네" 하면 좋겠지만 보통은 잔소리라고 듣기 싫어합니다.

그러니 한 번 말하고 안 들으면 입을 꾹 다물어야 합니다. 비가 와서 젖을 걸 뻔히 알아도 한 번 젖고 두 번 젖고 세 번 젖고 그래서 올해 고추 농사 망치면 자식들도 그제야 압니다. 이런 경험을 하도록 지켜봐 줘야 하는데 어찌 될지 알고 있으니까 자꾸 간섭을 하게 되는 거예요.

쉰 살 된 아들이 나갈 때도 여든 살 된 부모는 "차 조심해라" 하는데 다 쓸데없는 걱정입니다. 자식을 생각해서 걱정하는 마음으로 하는 말이지만, 잔소리해서 자식들이 달라지는 것도 아니고 오히려 귀찮게만 여깁니다. 그러니 입을 다무는 게 좋습니다. 뭔가 한마디 하고 싶을 때는 염불을 하는 게 좋습니다. "저 고추…" 하다가 "나무아미타불" 하는 겁니다. 염불을 많이 하면 내 공부도 되고 자식들이 싫어하는 잔소리도 안 하게 되니까 일석이조가 됩니다.

자식이 부모 곁을 떠나고 잘 안 찾아온다면 부모는 자신을 돌아봐야 합니다. '내가 좀 잔소리가 많구나. 남의 인생에 간섭을 하는구나' 생각해야 합니다.

아들 며느리가 싸우든 말든, 밥을 해 먹든 안 해 먹든 아무 상관하지 말아야 합니다. 그런데 아침에 며느리는 침대에 누워 있고 아들이 일어나서 밥상을 차리면, 그것은 남편이 제 마누라에게 잘해 주는 것이니까 상관할 바가 아닌데도 화가 나서 참견을 합니다. 자기는 그런 대접 못 받은 걸 섭섭해하면서도 아들이 그렇게 하는 꼴은 못 보는 겁니다.

부모가 칠팔십이 되면 자식 나이가 마흔이 넘고 손주가 스무 살이 다 돼 가는데 이래라저래라 간섭하면 누가 좋아하겠어요. 그러나 이것이 부모의 특징이고 노인의 특징이니까 젊은 사람이 노인을 모실 때는 그 잔소리를 기꺼이 받아들여야 합니다. 그리고 노인은 자기 인생을 아름답게 살기 위해서는 잔소리를 하지 말아야 해요. 밥 먹으라든지 어디 가자든지 하는 의사전달은 하되, 자식의 인생에 간섭하는 얘기, 잘했니 못했니 시비 분별하는 얘기는 하지 않는 게 좋습니다. 잔소리와 간섭을 안 해야 자식과 같이 살아도 늘 보살핌을 받습니다.

자식을 효자로 만드는 법

부모가 자식을 어려서부터 애지중지 키우다 보니 자식이 크면 기대가 생깁니다. 조금이라도 서운하면 '내가 너를 어떻게 키웠는데' 하는 마음이 듭니다. 그러나 아이 때 정성 들여 키운 것은 다 지나간 옛날 일이고, 이제는 자식에 대한 집착을 내려놓아야 부모도 행복해지고 자식도 편안해집니다. 또 그것이 자식을 효자로 만드는 길이기도 합니다.

내가 자식에게 기대해서 전화 오기를 바라고, 찾아오기를 바라는데 자식이 자기 일 바쁘다고 연락도 잘 안 하면 불효막심한 자식이 됩니다. 그러나 무소식이 희소식이라고 '잘 지내고 있으니 연락이 없겠지' 생각하면 기쁜 일이 됩니다. 또 '어릴 때는 맨날 이거 달라, 저거 달라 했는데 이제는 달라는 소리를 안 하는구나. 우리 자식이 효자다' 이렇게 생각하면 내 자식을 내가 효자로 만드는 거예요. 자식을 나쁘다 생각하지 말고 자꾸 좋다고 생각해야 내 인생에 보람이

아무리 사랑하고 헌신하며 키웠다 해도
내 품을 떠난 뒤에는 기대와 집착을 내려놓아야 합니다.

생깁니다.

'자식을 온갖 고생하고 키워 놓으니 한 놈도 명절에 안 찾아온다' 이렇게 생각하면 자기 인생이 자꾸 후회가 됩니다. 또 자식에게 바라는 게 있기 때문에 자꾸 자식을 욕하게 돼요. 그런데 자식을 욕하면 결국은 내 욕이 됩니다. 누가 낳았어요? 누가 키웠어요? 누구 자식이에요? 다 제 얼굴에 침 뱉기예요. 자식에게 바라는 게 없어야 무엇보다 내가 편안해집니다.

자식이 인사 오면 고맙게 생각해야 합니다. '어릴 때 키웠다고 이렇게 찾아와서 인사해 주니 고맙구나.' 자식이 용돈을 주면 '마음 써 줘서 고맙다' 액수에 관계없이 만 원을 줘도 고맙고, 2만 원을 줘도 고마워해야 합니다. 또 안 찾아와도 고마워해야 합니다. 늙었는데도 부모 찾아와서 손 벌리는 자식도 있는데, 돈 달라고 하지 않으니 좋은 거잖아요. 내가 바라지만 않으면 자식이 안 찾아와도 아무 문제가 안 됩니다. 저희들끼리 잘 산다는 얘기니까 섭섭해할 게 없어요.

자식은 나이가 들면 독립시켜서 내보내는 게 자연의 이치입니다. 새가 새끼를 낳아서 날려 보냈는데 나중에 어미 새가 자식이 안 찾아온다고 원망하지 않습니다. 돼지도 새끼 낳고 소도 새끼 낳고 개도 새끼 낳아 키워도 새끼를 원망하는 경우는 없어요.

자식을 독립시키려면 부모가 중심이 서야 합니다. 자식을 낳으면 고등학교까지 공부를 시키고 여유가 있으면 대학까지 지원해 줄 수는 있지만, 가능하면 자기 힘으로 다니도록 하는 게 좋습니다. 직장에 다니면서 스스로 벌어서 신혼살림도 마련하도록 하는 게 진짜 자식을 위하는 길입니다. 자식 결혼하는데 집을 구해 준다, 뭘 사 준다 하면 부모 보기에 좋아 보일 뿐이지 자식의 먼 장래에 꼭 좋다고 볼 수가 없습니다.

'이것저것 챙겨서 결혼을 시키고 나면 그때라도 하나의 가정으로 독립시켜야 하는데 부모는 사랑을 앞세워 또 간섭을 합니다. 좋게 말하면 사랑이지만 사실은 간섭이에요. 아무리 관심을 갖고 먹을 것 갖다주고 김치를 담가 주어도 다 간섭입니다. 집에 찾아가 돈 내놓으라고 하는 것만이 간섭이 아니고 잘해 주는 것도 간섭이에요. 그래서 자식이 결혼하면 정을 딱 끊어야 합니다. 그렇지 않으면 계속 자식에 대한 기대와 집착으로 괴로워집니다.

손주를 봐줄 때도 집착하면 나중에 갈등이 생깁니다. 이웃집 아이 돌보듯이 집착 없이 돌보면 고마워하지만 '내가 키웠다'는 생각이 자리 잡으면 거기에 또 기대가 생겨서 갈등이 일어나는 거예요.

아무리 사랑하고 헌신하며 키웠다 해도 내 품을 떠난 뒤에는 기대와 집착을 내려놓아야 합니다. 그것이 내 자식을 효자로 만들고, 지난 내 인생도 보람 있게 만들고, 나도 행복해지는 길입니다.

살아 있을 때
나눠 줘야 선물이다

나이가 들면 마음이 조금 너그러워지고 나눌 수 있어야 보기에 좋습니다. 젊은 사람들이 악착같이 모아서 살려고 하면 '열심히 사는구나' 해서 예뻐 보이지만, 나이 든 사람이 물건이든 돈이든 움켜쥐려 들면 추해 보입니다.

가지고 있는 옷도 누가 좋다 하면 주는 게 좋습니다. 죽을 때 털끝 하나도 가지고 못 갑니다. 죽고 난 뒤에 옷은 자식도 안 가져가요. 그분이 아주 유명해서 박물관에 갈 게 아닌 이상은 다 태워 버립니다. 그러기 때문에 살아 있을 때 나눠 줘야 선물이 됩니다. 죽고 난 뒤에는 똑같은 물건인데도 귀신이 붙었다고 생각해서 아무도 안 가져갑니다. 그러니까 미리 나눠 주는 것이 물건에 대한 집착도 놓고 복을 짓는 게 됩니다.

재산도 필요한 사람들에게 나눠 주면 보시가 됩니다. 굶는 사람을 먹여 주고 병든 사람을 살펴 주도록 쓰면 그것이 모두에게 공덕이 돼요. 나이가 들면 본인보다 자손이 잘되길 바라는데 자손이 잘되려면 먼저 복을 지어야 합니다. 어려운 사람에게 적은 돈이라도 보시를 자꾸 해야 합니다. 욕심내서 보시하라는 것이 아니라, 만 원 있으면 9000원짜리 밥 먹고 1000원 보시하는 마음을 말하는 겁니다. 이게 복을 짓는 거예요. 자손 잘되라고 빌 게 아니라 자꾸 스스로 복을 지어야 합니다. 그래야 손주 때부터 복을 받아서 잘됩니다.

그런데 재산을 유산으로 남기면 그 재산 때문에 사랑하는 자녀들끼리 원수가 됩니다. 장례 집에 많이 가 봤지만, 재산 많이 남긴 집에서 화목한 경우는 정말 찾기 힘듭니다. 부모가 돌아가시자마자 갈등과 분쟁이 시작됩니다. 부모가 자식을 생각해서 남긴 것이 결과적으로 자식들을 갈라놓는 갈등의 원인이 되는 겁니다. 그런데 남긴 게 없으면 싸움이 없어요.

살아 있을 때 가진 것을 나누고 정리해야 죽은 뒤가 더 가볍고 깨끗해집니다. 그래서 노후에 필요한 최소한만 남겨 놓고 나머지는 정리해서 공익에 쓰이도록 환원하는 게 좋습니다. 그리고 어차피 사회로 돌려줄 바에야 수입이 많을 때 세금으로 좀 나가는 것에 대해서 굳이 아까워할 필요가 없습니다. 어차피 사회로 환원할 건데 마지막에 목돈으로 환원하느냐, 평소에 조금씩 환원하느냐 하는 차이일 뿐입니다.

우리는 평생 자연에 기대어 살고 인간 사회에서 혜택을 받고 있습니다. 내가 모은 재산이 개인의 것이 아니고 사회 구성원들과 자연의 혜택 속에서 이루어진 거예요. 이걸 잊지 말고 내 재산이 공익에 쓰이도록 하면 재산을 잘 정리하면서 복을 짓는 게 됩니다. 세계에서 몇째 가는 부자인 빌 게이츠도 자기 재산의 대부분을 출연하고 공익 재단을 만들어서 인류가 해결하지 못하는 에이즈와 같은 질병 퇴치에 힘쓰고 있습니다. 이렇게 인류 발전에 긍정적인 역할을 하는 곳에 기부하면 살면서 번 돈이 유익하고 보람 있게 사용되는 겁니다.

한 대기업 회장이 자기 형과 법정 다툼을 벌였던 적이 있습니다. 부모가 남긴 유산을 형제들 몰래 챙겼다가 들켰으면 사과를 해야 하는데 오히려 "한 푼도 줄 수 없다. 대법원 아니라 헌법재판소까지 가겠다"라며 큰소리쳐서 그 소란이 일어났던 겁니다.

이걸 보면 '돈 욕심이란 게 끝이 없구나, 돈 가졌다고 행복한 것도 아니구나, 돈이 인생 문제를 해결해 주지 못하는구나' 하는 걸 알 수 있습니다. 그리고 유산이 어떻게 형제를 갈라놓는지도 잘 볼 수 있습니다. 그러니까 평생 노력해서 번 돈을 주위에 선물로 나눠 줄 것인지, 화의 근원으로 만들 것인지는 살아 있을 때 미리 생각하고 정리를 하는 것이 좋습니다.

노후를 대비하는 법, 욕심 내려놓기

사람들은 나이가 들면 노후를 걱정하기 시작하고 돈을 벌어 놓아야 한다고 생각합니다. 어떻게 돈을 벌어야 할지 궁리하고 고민합니다. 하지만 왜 돈을 벌어야 하는지는 잘 따져 보지 않습니다.

먹고사는 데 바빠 노후 준비를 못 해 걱정이라며 이제라도 돈을 좀 벌고 싶은데 어떻게 해야 할지 모르겠다는 예순다섯의 질문자에게 제가 물었습니다.

"질문자가 생각하기에 우리나라가 앞으로 시간이 흐를수록 노인연금, 복지연금 등 사회적 혜택을 계속 늘릴 것 같아요, 줄일 것 같아요?"

"늘릴 것 같아요."

"그러니 아무런 걱정을 할 필요가 없어요. 가만히 있어도 먹고사는 길이 열리잖아요."

'옷은 있는 대로 입고 살면 되고, 집은 있는 대로 살면 되고, 밥은

간단하게 먹고 살면 된다.' 이렇게 생각하면 아무 걱정할 게 없어요.

요즘 기본소득제에 대한 논의가 진행 중인데, 이는 대한민국에서 태어난 모든 사람에게 어린아이부터 노인까지 일정한 생활비를 보장해 주는 방안입니다. 시간이 흐를수록 빈부격차가 심해지니까 최소한의 생활비는 국가가 책임지겠다는 것입니다.

해외에서는 이런 계획을 시행에 옮기려는 국가들이 하나둘씩 늘어나고 있는데, 우리나라도 갈수록 저소득층에 대한 지원금이 늘어나고 있고 머지않은 미래에 기본소득제가 시행되지 않을까 예상해 봅니다. 기본소득제가 시행되면 가만히 있어도 기본적인 생활을 할 수 있는 지원금이 매달 나오니 먹고살 걱정을 안 해도 됩니다. 돈을 벌어서가 아니라, '남보다 잘 먹고 잘 입겠다'는 욕심을 버리면 이 문제는 저절로 해결되는 것입니다.

"요즘 병원에 가면 병원비를 많이 내요, 직게 내요?"

"적게 내요."

우리나라는 세계적으로 손꼽힐 정도로 국민건강보험제도가 아주 잘 되어 있습니다. 다른 제도는 아직 많이 부족하지만 잘 갖춰진 이 제도 덕분에 큰 걱정 안 하고 병원에 다닐 수 있습니다.

요즘 저도 시골에서 살고 있는데 매일 차가 대여섯 대씩 동네에 주차해 있는 걸 볼 수 있습니다. 아침마다 요양보호사들이 차로 마을에 들어와 각자 거동이 불편한 할아버지, 할머니를 한 사람씩 맡아서 서너 시간씩 돌보다 가는 거예요. 밥도 해 주고, 청소도 해 주고, 목욕차가 와서 목욕도 시켜 줍니다. 비용은 모두 정부가 지원합니다. 국민건강보험공단의 장기요양보험 덕분에 이런 혜택도 누릴 수 있습니다.

캐나다에 갔더니 어르신들이 저한테 이렇게 말했습니다.

"아무리 효자라고 해도 정부보다 더 큰 효자가 없다."

캐나다에 있는 노인들은 자식들에게 의지할 필요가 전혀 없습니다. 병원비가 거의 무료에 가깝고, 예순다섯 살이 넘으면 매달 연금이 나와서 기본적인 생활은 아무 걱정 없이 할 수 있도록 제도적인 보장이 되기 때문입니다. 대신 캐나다에서는 젊을 때 세금을 많이 냅니다. 월급의 40퍼센트를 세금으로 내거든요.

물론 우리나라는 국가의 경제 수준에 비해 사회보장제도가 덜 갖추어져 있는 편이지만, 전쟁이 나거나 큰 재난이 생겨서 나라가 망하지 않는 이상, 앞으로 시간이 흐를수록 사회보장은 늘어나는 방향으로 나아갈 겁니다. 그래서 노후 걱정 안 하셔도 되고 자식에게 의지할 필요도 없습니다.

다만 지금 살고 있는 집을 팔거나 자식에게 주어서는 안 됩니다. 자식들이 살기 어렵다고 해도 내가 살 집은 딱 가지고 있어야 해요. 시골에 사는 사람은 내가 양식할 논과 밭 몇 마지기씩은 가지고 있어야 합니다. 아무리 자식이 달라고 해도 '내가 죽고 난 다음에 가지고 가라' 이렇게 말해야 해요.

젊을 때 욕심을 내면 야망이 있다고 칭찬받을 수도 있지만 늙어서 욕심을 내면 노욕 부린다고 해서 흉이 됩니다. 젊을 때는 좀 움켜쥐어도 되지만 늙으면 자꾸 버리고 베풀어야 합니다. 늙어서도 뭔가를 움켜쥐려고 하면 젊은이들과 경쟁을 해야 하고, 그러면 자신의 늙음에 대해 한탄하게 돼요. 그러나 욕심을 버리면 늙음을 즐길수 있어요.

늙으면 얼마나 좋아요? 결혼 안 해도 되고, 아이 안 낳아도 되고, 직장에 안 나가도 되고, 좋은 게 한두 가지가 아니에요. 아무 할 일이 없어지니까 얼마나 좋아요?

그러니 이제부터는 젊은이들과 경쟁하려고 하지 마세요. 다른 사람들에게 조금이라도 도움이 되는 일을 하고, 한마디를 해도 좋은 말을 해 주는 연습을 해 보세요. 다른 사람한테 칭찬도 많이 해 주고, 다른 사람이 하는 일을 거들어 주기도 하고, 도움의 손길이 필요한 곳에 봉사도 하고, 가진 게 있으면 나눠 먹기도 하고, 그렇게 살면 늙음을 만끽할 수 있습니다.

대가를 기대하지 않는 보시

흔히 좋은 일 많이 해서 복을 쌓으면 나중에 복을 받거나 좋은 세상에 태어난다고 합니다. 그러나 아무리 선한 행동을 해도 마음을 어떻게 가지느냐에 따라 그 결과가 달라집니다.

사람은 누구나 자기가 베푸는 선한 행위를 다른 사람이 인정해 주고 칭찬해 주기를 바랍니다. 자신이 베푼 행위에 대해 오는 것이 없으면 누구나 기대가 어그러지는 배신감을 느낍니다. 가정에서도 엄마가 자녀를 헌신적으로 돌보지만 자식이 커서 엄마의 그 고생을 몰라준다고 서운해하는 일이 많습니다. '자식 키워 봐야 소용없어' 하면서 우울한 시간을 보내기도 합니다.

또 사회에 헌신적으로 봉사한 사람은 시간과 노력을 들여 애썼는데 그 가치를 몰라준다고 괴로워하는 경우도 많습니다. 그래서 봉사를 하고, 보시를 하고, 시민단체에서 활동하는 사람들이 남을 위해 일하면서 정작 자신은 행복하지 않은 경우를 볼 수 있습니다. 지금까지 자신을 던져서 남을 위한 삶을 살았는데, 정작 사람들과 세상은 자신을 알아주지 않아 일종의 서운함 같은 것을 느끼기 때문이에요.

이때 필요한 것은 남에게 베풀면서도 베푼다는 마음을 내지 않는 겁니다. 《금강경》에 '보살은 일체중생을 구제하되, 중생을 구제한다는 생각이 없다'라는 구절이 있습니다. 보살이 중생을 구한다는 생각을 갖는다면 괴로움이 생기고, 괴로움이 생긴다면 보살이라 할 수가 없다는 뜻입니다.

보살은 지은 인연의 공덕으로 보면 마땅히 천상에 태어날 수 있지만, 지옥에 있는 중생들이 괴로워하니까 그들을 돕기 위해 지옥에 가겠다는 원을 세운 존재입니다. 보살은 인생의 주체가 자신이고, 중생은 자신이 지은 업에 끌려다니는 존재라고 할 수 있습니다.

중생은 왜 자기 업에 끌려다닐까요. 중생은 베푼 것도 없이 받기만 바라고 남을 이해하지 않고 이해받기만을 바랍니다. 그렇게 늘 대상에 매여 있기 때문에 주인으로 살지 못하고 노예로 살아갑니다. 그러나 보살은 바라는 바 없이 남을 돕기 때문에 남이 알아주든 알아주지 않든 상관이 없어요. 그렇듯 자유로워서 자기 인생의 주인이 되는 겁니다.

우리나라 고전에 '흥부와 놀부' 이야기가 있습니다. 흥부와 놀부는 각기 제비 다리를 고쳐 주었지만 그 결과는 완전히 다르게 나타났습니다. 흥부는 복을 받으려는 생각 없이 그저 제비가 불쌍해서 도와주고 복을 받았고, 놀부는 복을 받기 위해서 제비 다리를 부러뜨려 치료해 주었다가 도리어 화를 당하고 말았습니다. 그처럼 대가를 바라지 않았을 때는 그 대가가 오면 기쁜 것이고 대가가 오지 않아도 아무런 상관이 없습니다. 하지만 대가를 바랐을 때는 실망과 원망의 씨앗이 남는다는 겁니다.

우리가 대가를 기대하지 않는 보살의 마음을 내는 것이 쉽지는 않습니다. 하지만 항상 자신의 마음을 살펴 기대하고 바라는 바가 있는지 보고, 그때그때 마음을 비워서 주는 것 자체로 행복해질 때 진정한 보시가 됩니다. 그럴 때 주는 사람도 받는 사람도 자유로워지고 비로소 진정한 복으로 돌아옵니다.

기대하고 바라는 바 없이, 주는 것 자체로 행복해질 때 진정한 보시가 되어
주는 사람도 받는 사람도 자유로워지고 진정한 복으로 돌아옵니다.

마음의 오랜 습관을
바꾸는 기도

우리의 삶은 인생에 어떤 일이 일어나느냐에 따라 결정되는 것이 아니라, 어떤 태도를 지니느냐에 따라 결정됩니다. 흔히 운명론을 말하지만 그 운명도 나 자신이 만듭니다. 어떤 일이 내 생에 주어지는가가 운명이 아니라 그것에 어떻게 대처하고 해결하느냐가 운명입니다.

어떤 분이 "결혼하고 18년 동안 살면서 남편과 많이 싸웠는데, 스님 법문대로 마음을 바꾸려 노력하고 기도하면서부터는 한 번도 싸우지 않았습니다"라는 이야기를 했습니다.

'하늘에서 보배의 비가 내리는데 중생은 다 제 그릇 따라 양식을 얻어 간다'는 말이 있습니다. 그래서 같은 법문을 듣고도 크게 얻어 가는 사람이 있고 적게 얻어 가는 사람이 있습니다. 그럴 때 그 덕은 다 자기 덕이라는 겁니다. 마음의 문을 연 사람은 기쁨을 얻고, 조금 열면 조금 얻고, 열지 못하면 얻지 못하는 거예요.

어떤 사람이 부처님께 질문했습니다.

"이 세상의 학문은 순서가 있고 단계가 있습니다. 그래서 아주 초급반부터 고급반까지 죽 공부를 해 나가면 됩니다. 불법도 그와 같습니까?"

"불법도 그렇다."

"그러면 누구나 부처님 법을 공부하면 다 해탈 열반에 들 수 있습니까?"

"그건 아니다."

"단계를 밟아서 차근차근하면 다 이룰 수 있다면서요?"

"그렇지."

"근데 왜 못 이루는 사람이 있습니까?"

"가르쳐 줬는데 안 가는 사람도 있고, 이렇게 가르쳐 줬는데 저렇게 가 버린 사람도 있다. 내 가르침도 그와 같다. 나는 깨달음의 경지에 이르렀기 때문에 누구나 다 그 깨달음의 길로 가는 방법을 일러 줄 수가 있다. 그렇다고 누구나 다 깨달음에 이르는 것은 아니다. 왜냐하면 그 가르침에 따라가는 자가 있고, 가지 않는 자도 있고, 또 그 가르침대로 행하지 않는 자가 있기 때문이다."

부처님이 바른 법을 일러 줬기 때문에 우리에게 큰 기회가 온 것이지만, 그 길을 가고 안 가고는 각자 자기 몫이라는 겁니다. 그렇다면 우리가 마음의 습관을 바꾸어서 인생을 바꿔 보려면 어떻게 해야 할까요?

우선 이치를 알아야 합니다. 법문을 듣는 것은 이치를 알기 위함입니다. '마음을 이렇게 써서 이런 괴로움이 생겼구나. 이걸 고치면 내가 이 괴로움에서 벗어나겠구나' 하는 것을 아는 거예요. 만약 화를 냈다면 '아, 내가 왜 화를 냈을까?' 하고 자책하는 것이 아니라 '내가 화가 났구나' 알아차리고 '다음부터는 안 내야지' 하는 겁니다. 그래도 또 화를 내면 '아, 또 화를 냈구나. 다음에는 안 내야지' 해야 합니다. 100번을 화내도 '다음에는 안 내야지' 이렇게만 할 뿐이지, 어제 화낸 것을 오늘 얘기할 필요가 없습니다. 어제 낸 화를 후회하고 따지면 인생 낭비예요. 그러니까 물을 길어 오다가 넘어져서 쏟았을 때, 쏟아진 물을 아까워할 게 아니라 빨리 다시 물을 길으러 가야 합니다. 그것이 지나간 일을 두고 후회하거나 자책하지 않고 앞으로 나아가는 길입니다. 그래서 과거로 돌아가지 말고 앞으로 나아가는 걸 자꾸 연습해야 합니다.

"인연과를 제대로 체득하지 못하고 나에 대해서도 알지 못한 채 나이만 먹었습니다."

연세 드신 분이 이런 하소연을 했습니다. 내가 스스로 '인생을 헛산 것은 아닐까?' 이렇게 돌이켜 볼 힘이 있다는 것은 인생을 제대로 살아가고 있다는 증거입니다. 그런데 "술을 안 먹어야 하는데 또 먹었어, 나는 인생을 살 자격이 없어" 하면서 신세타령을 하는 것은 주의해야 합니다. 나는 아직 깨닫지 못했고 내가 누군지도 모르고 인과도 제대로 모른다고 말하는 것은 내가 모르고 있는 상태임을 아는 수준을 조금 넘어서서 그런 사신을 사책하는 것입니다. 자기를 미워하고 원망하고 있다는 거예요. 이것은 공부가 조금 빗나간 것입니다.

잘못했을 때 자신이 잘못한 줄 알아차리고 그것을 고치려고 해야 합니다. '아, 내가 잘못했구나' 알아차린 뒤에 '나는 항상 이래' 하면서 뒤로 가지 말고 '다음에는 잘못을 저지르지 말아야지' 하고 앞으로 나아가야 합니다.

'내가 조금만 젊었더라면, 조금만 일찍 알았더라면 정진을 잘할 수 있었을 텐데' 이런 생각을 하며 자책하는 것은 아무 도움이 되지 않습니다. '내가 아직도 진리를 온전하게 알지 못하구나' 하는 생각이 든다면, 한탄하고 후회할 것이 아니라 앞으로 하루라도 더 바르게 진리를 알려고 노력해야 합니다. 노력하는 것은 앞으로 가는 길이고, '이제까지 60년을 살았는데 아직도 이것을 모르는구나' 하는 것은 과거에 사로잡혀 넘어지는 겁니다.

이렇듯 자기를 알아차리고 이치를 알면 해결되는 게 많습니다. 그런데 이치를 알아도 해결이 안 되는 게 있습니다. 바로 오랜 삶의 습관이 우리의 발목을 잡는 것인데 이것을 해결하기 위해서는 꾸준히 정진을 해야 합니다. 기도를 해야 합니다. 정진이라고 하든, 기도라고 하든, 수행이라고 하든, 명상이라고 하든, 그 이름이 중요한 게 아닙니다. 바른길을 알았으니 현실에서는 그렇게 되지 않는 자기를 늘 점검하면서, 잘못한 것은 참회하고 다시 나아가는 정진을 꾸준히 하는 겁니다. 그 정진의 힘이 있어야 오랜 마음의 습관을 이겨낼 수 있습니다.

매일 아침에 일어나면 정진부터 한 시간 하는 게 좋습니다. 몸을 위해서 아침에 세수하고 머리 빗고 화장하고 밥 먹고 옷 입듯이, 그것의 10분의 1만이라도 행복을 가져오는 '마음 닦기'에 투자하면 인생의 문제를 해결할 힘이 생깁니다.

우리 머리에는 번뇌의 쓰레기가 꽉 차 있어서 매일 치워도 어질러지는 게 더 많습니다. 청소를 해도 끝이 없어서 마치 밑 빠진 독에 물 붓기 같습니다. 그럴 때는 한 번씩 날 잡아서 대청소를 하면 큰 도움이 됩니다. 바로 '깨달음의 장' 수련에 4박 5일 정도 시간을 내서 집중적인 자기 관찰을 통해 번뇌의 뿌리를 살피고, 좀 큰 번뇌의 쓰레기를 걷어내 버리면 정진하기가 쉬워집니다. 방안에 쓰레기가 가득 차 있으면 청소할 엄두가 안 나고 수행할 용기가 안 나지만, 큰 물건들을 치우고 나면 '아, 이젠 좀 되겠다' 하는 자신감이 생겨서 한결 쉽게 나아갈 수 있습니다.

욕심을 내려놓고
세상을 도우라

　나이가 들어가면 지난 인생을 돌아보고 남은 인생은 소망하던 것을 이루기 위해 노력하게 됩니다. 이때 욕심을 내기가 쉽습니다. 인생이 얼마 남지 않았다는 생각에 마음이 급해져서입니다. 그런데 욕심이 생기면 오히려 일을 그르치기 쉽습니다.

　"돌아보면, 내 주위에 보탬이 되지 못한 것이 여한이 됩니다. 그래서 남은 생은 좀 의미 있는 삶을 살고자 하는데, 부족한 게 많아서 뜻대로 안 됩니다."

　지난 삶을 반성하고 있는 듯이 보이지만 사실은 자기 삶에 대한 후회가 큽니다. 이것은 욕심에서 비롯한 겁니다. 의미 있는 삶을 살아야 한다는 욕심 때문에 지금까지의 삶이 만족스럽지 않은 거예요.

　이럴 때는 먼저 욕심을 버려야 합니다. 나이 들어서 인생에 회한이 있으면 머리 흰 것도 고민이고, 얼굴에 주름살 생기는 것도 고민이고, 눈 안 보이는 것도 고민이고, 귀 안 들리는 것도 고민이고, 빨리 못 걷는 것도 고민이 됩니다. 이렇게 있는 그대로를 못 받아들이면 자신이 초라하게 느껴집니다. 그때 핵심은 욕심을 내려놓는 거예요. 그러면 무엇이든지 어떤 일을 해도 괜찮습니다. 과하지만 않으면 돼요.

또 '내가 살 만큼 살았다'는 마음이 돼야 과한 욕심을 부리지 않습니다. 예순이 넘으면 이때부터는 인생의 덤이니까, 뭘 하겠다는 생각을 내려놔야 합니다. 이래도 좋고 저래도 좋다고 생각하면 욕심이 없어지면서 세상사를 필요한 대로 살게 됩니다. 아들이 "이것 좀 도와주세요" 하면 가서 도와주고, 친구가 "도와줘" 하면 가서 도와주는 거예요. 그것이 바로 자기를 내려놓는 삶입니다.

'계획을 세워 그것을 해야겠다.' 이렇게 생각하면 본인은 좋은 일이라 하지만 그것도 욕심입니다. '살 만큼 살았다. 할 만큼 했다. 그러니까 난 더 이상 아무것도 하지 않겠다.' 이것도 욕심입니다. 그것도 인생에 목표가 있는 거예요. '쉬겠다, 하지 않겠다'라는 목표가 있는 겁니다.

예순다섯 살이 넘어서 경로 우대를 받을 나이가 되면, 그동안 은혜를 입은 세상을 위해서 봉사하고 더 이상 재능을 돈 받고 팔지 않는 삶으로 전환이 필요합니다. 돈이 있으면 보시하고 돈 없으면 재능으로 봉사할 수 있습니다. 말을 잘하면 말로, 힘이 세면 힘으로, 시간이 많으면 시간으로 돕겠다는 마음을 낼 수 있습니다. 그러나 중요한 것은 어떤 목표를 세워서 욕심내지 않는 겁니다. 그래야 몸과 마음에 무리가 따르지 않습니다.

그리고 꼭 밖에 나가서 봉사해야만 하는 것도 아닙니다. 그동안 부인의 도움을 많이 받고 살았다면 이제는 부인에게 빚을 좀 갚는 것도 좋습니다. 부인이 아침에 일어나 보니 밥이 차려져 있으면 기분 좋을 거잖아요. 지금까지 내 생각, 내 고집 부리면서 행세를 해 왔는데, 빚 갚는 셈 치고 집안일을 조금만 하면, 예순 살이어도 신혼살림처럼 행복할 수 있고 일흔 살이어도 행복한 살림을 할 수 있습니다.

조급함을 버리는
수행

무엇이든 열심히 하려고 하는데 집중이 잘 안 된다고 힘들어하는 분이 있었습니다. 열심히 하는데 왜 안 될까요? 젊을 때 돈 버는 것처럼 마음공부를 욕심내서 하기 때문이에요. 욕심을 버리는 게 수행인데 '수행에 집중을 해야지' 하는 욕심 때문에 오히려 힘들어진 겁니다.

"금강경을 10년 사경하고, 능엄주를 조금 하다가, 신묘장구대다라니를 새벽 4시쯤에 일어나서 108번을 해요. 그리고 금강경 한 편 읽고 금강경 한 구절을 씁니다."

이것을 하면 좋다 하니까 이걸 하고 저걸 하면 좋다고 하니까 저것을 하는 건 욕심입니다. 욕심을 버려야 해탈을 하는데, 빨리 이루려는 욕심으로 금강경을 사경하고 능엄주를 욕심으로 외우거든요. 이럴 때는 욕심내지 말고 한 가지만 꾸준히 하는 게 좋습니다.

수행에서 제일 나쁜 게 조급해하는 겁니다. 장사할 때도 '얼른 돈 벌어야지' 하고 조급해지면 안 되듯이, 수행도 차분하고 착실하게 해야지, 금방 얻으려는 것은 노력은 안 하고 공짜로 먹겠다는 것과 같습니다.

한 분은 "그동안 지은 크고 작은 업으로 인하여 부지런히 공부하려고 하는데, 남은 생을 어떻게 살아야 할까요?" 물었습니다.

남은 인생을 수행하며 행복하게 살겠다는 것은 열의이지만 이것 또한 욕심입니다. 이렇게 욕심으로 공부하면 공부한 만큼의 결과가 안 나옵니다. 왜 욕심일까요? 지은 업이 많다고 생각하면 과보를 받을 마음을 내야 합니다. 이것을 경전 몇 줄 읽어서 피해 가려 하면 욕심이에요. 남에게 굉장히 큰 아픔을 주고 사과 한마디로 그것을 풀려고 하는 것과 같습니다. 사과 한마디 건네고, "사과를 해도 안 받아 주던데?" 이렇게 말하는 건 욕심이라는 겁니다. 그 사람에게 내가 끼친 아픔을 생각하면 정말 사과하는 마음으로 적어도 10년은 다니면서 사과할 마음을 내야 합니다. 사과 한 번 해 놓고 안 받아 준다고 그 사람을 나무라는 것은 욕심이에요. 인연을 지어 놓고 과보를 안 받겠다는 겁니다.

수행이란 인연을 지었으면 과보를 기꺼이 받겠다는 마음을 내는 겁니다. '내가 애를 잘못 키웠지만 경전 몇 줄 읽으면 아무 문제 없겠지' 이런 생각은 금물이에요. 경전의 내용은 지은 과보를 기꺼이 받으라고 써 놓았지, 안 받는다고 써 놓지 않았습니다. 앞으로 자식이나 집안에 어떤 문제가 생기더라도 '과보가 돌아오는구나, 잘 받아야지' 이런 마음을 가지면 괴롭지 않습니다. 이것이 바로 수행이에요. 그것이 과보를 받지 않는 거나 다름이 없는 겁니다.

남에게 100만 원 빌려 써 놓고 경전 한 줄 읽으면 안 갚아도 될까요? 안 주고 싶다가도 불경을 읽음으로써 당연히 줘야 한다는 마음으로 바뀌어야 합니다. 빌려준 사람이 돈 받으러 왔을 때 100원 있으면 100원 주고, 1000원 있으면 1000원 주고, 만 원 있으면 만 원 주면서 용서를 빌어야 합니다.

"제가 줄 수 있는 것은 이겁니다. 이것 가지고 가세요. 뭐든지 돈이 되겠다 싶으면 들고 가세요."

이런 마음을 내면 상대도 안 가지고 가거나 적당히 받고 맙니다. 그러면 상대가 빚을 받으러 와도 나는 불안하거나 괴롭지 않습니다. 실제로 과보가 면해지는 겁니다.

진실로 그 행복과 불행
다른 사람이 만드는 것 아니네

우리는 노후에 대해 막연히 불안해합니다. 그래서 "행복한 노후를 위해 무엇을 해야 하느냐"고 묻습니다. 그러나 '행복한 노후를 위해서'라는 건 없습니다. 지금 그냥 행복하면 되는 겁니다.

계단을 내려가다가 미끄러져서 한쪽 다리가 부러질 때, 부러진 다리를 잡고 '아이고, 재수 없어. 법문까지 들었는데 다리가 부러지네' 이렇게 생각하면 지금 기분이 나쁜 거고, 반대로 안 부러진 다리를 잡고 '오늘 두 개 다 부러질 수도 있었는데 법문 듣고 나서 다리 하나만 부러졌네' 이렇게 생각하면 지금 기분이 좋습니다. 긍정적으로 보면 늘 행복한 겁니다. 행복한 노후라는 걸 따로 준비할 게 없어요.

"언론에서 '준비하지 않으면 노후가 불안해진다', '이렇게 해야 노후가 행복해질 수 있다'는 말을 들으니까 뭔가 해야 하지 않나 하는 생각이 들어서요."

행복을 위해 준비해야 한다는 것은 한 번도 행복해 보지 못한 사람들이 하는 이야기입니다. 우리가 흔히 행복하기 위해서 준비만 하다가 죽을 때까지 한 번도 행복해 보지 못한 채 죽습니다. 그러니 준비할 것도 없어요. 바로 지금부터 행복해야 합니다. 행복하기 위해서 준비하지 말고 오늘 당장 행복해야 합니다.

오늘 행복하지 못한 사람은 내일 행복할 수가 없고, 이생에서 행복하지 못하면 설령 저생이 있다 해도 행복할 수가 없습니다. 지금 살면서 늘 불평불만인 사람은 천당에 가도 불평불만이 있습니다. 여기서는 극락에만 가면 행복할 것 같아도 막상 가 보면 거기에서도 괴로울 수 있어요. 어디를 가도 저절로 행복해지는 데는 없습니다. 지금 여기에서 행복해야 합니다.

그럼 어떻게 해야 행복할까요? 제가 여러분을 부러워해서 '나도 결혼했으면 얼마나 좋을까?' 자꾸 이런 생각 하면 지금 괴롭겠죠? 근데 여러분은 둘이 살면서 맨날 '나도 혼자 살면 얼마나 좋을까? 스님처럼 마음대로 돌아다니면 얼마나 좋을까?' 이런 생각을 하면 자신이 괴롭습니다. 혼자 사는 스님은 보란 듯이 혼자 사는 것에 자긍심을 가지고 살아야 하고, 결혼한 분들은 스님이 약 오를 만큼 재미있게 결혼 생활을 해야 합니다. 그래야 각자 자기 삶을 잘 사는 거예요.

인연 따라서 늙으면 늙어서 좋고, 살면 살아서 좋고, 죽으면 죽어서 좋아야 합니다. 그래야 이승에서도 극락에 살고 저승에 가서도

행복하기 위해서 준비하지 말고
오늘 당장 행복해야 합니다.

극락에 살아요. 이승은 지옥같이 살고 저승에서 극락 가겠다는 건 이치에 맞지 않습니다.

한국에 사는 사람은 한국에서 행복하게 살아야 이곳이 극락입니다. 그런 사람은 미국에 가도 행복하게 살 수 있습니다. 그러나 여기에서 불평불만투성이인 사람은 극락에 보내 놔도 불평불만이에요. 불평하는 사람은 어디를 가도 불평을 합니다. 그러니까 지옥이나 극락이 어디 따로 있는 게 아니라, 내 마음이 행복하면 극락이고 내 마음이 괴로우면 지옥인 겁니다.

말끝마다 누구 때문에 못 살겠다, 누구 때문에 괴롭다고 하는데 조금만 깊이 살펴보면 행복과 불행은 자기가 만듭니다. 자기를 불행하게 만드는 사람은 극락에 가도 불행하고 자기를 행복하게 만드는 사람은 지옥에 가도 행복합니다.

자기를 행복하게 만들려면 항상 현재의 자기 삶에 만족할 줄 알아야 합니다. 아침에 일찍 일어나면 일찍 일어나서 좋고, 참선할 수 있으면 참선할 수 있어서 좋고, 절할 수 있으면 절할 수 있어서 좋고, 밥 먹으면 밥 먹어서 좋습니다. 북한에는 지금 밥 못 먹는 사람이 엄청나게 많은데 굶지 않고 밥 먹는 것만 해도 고마운 일이잖아요? 이렇게 항상 자기 삶을 긍정적으로 봐야 합니다.

여러분은 지금도 행복합니다. 다만 그걸 못 보고 못 느낄 뿐이에요. 옛날에 어떤 사람이 선사에게 찾아가 부처가 어쩌니저쩌니 온갖 이야기를 하니까 선사가 이렇게 말했습니다.

"차나 한잔하고 가게."

'쓸데없는 생각 그만하라'는 말입니다. 여러분은 이미 행복합니다. 자꾸 행복하겠다고 노력할 필요도 없습니다. '지금 행복하게 살겠다'는 생각조차 내려놓을 때, 바로 거기에 행복이 있습니다.

행복도 내가 만드는 것이네.

불행도 내가 만드는 것이네.

진실로 그 행복과 불행

다른 사람이 만드는 것 아니네.

나부터 행복해야 한다

여러분은 자신에게 주어진 삶을 이왕이면 아름답게 가꿔 가야 합니다. 그런데 우리 마음은 늘 생각으로 상을 짓고 그 속에 갇혀서 괴로워합니다.

'우리 남편은 좋은 사람이다', '내 아내는 좋은 사람이다' 이런 마음을 내라는 것은, 좋은 사람 나쁜 사람이 본래 없지만, 이왕지사 상을 지을 바에야 아름답게 짓는 게 낫다는 거지요. 꿈을 꾸려면 좋은 꿈을 꾸는 게 나은 것처럼. 그래서 좋게 마음을 내면 내 마음이 기뻐지고 인생이 행복해집니다.

이미 마음속에 미움으로 그린 상이 있으면 지워야 하기 때문에 참회를 해야 하고, 새로운 상을 아름답게 짓기 위해서는 발원을 하는 게 좋습니다. 그래서 '우리 남편은 좋은 사람', '내 아내는 좋은 사람'이라는 생각을 내라는 겁니다.

이것이 내 삶 속에서 늘 작용하면 좋은데, 처음에는 잘 안 됩니다.

그래서 내가 늘 나를 점검해서, 미워하는 마음을 내려놓고 또 나도 모르게 지은 허물을 알아차리고, 뉘우치고 다시 짓지 않겠다고 원을 세워 나아가는 겁니다. 그렇게 하다 보면 어느덧 삶이 바뀌고 저절로 행복해집니다. 우리가 이치에 맞게 마음을 살피다 보면 내 운명도 바뀌게 됩니다.

상대와 시비하느라 괴로운 사람은 상대에 대한 집착을 놓아 버리면 기뻐집니다. 그런데 기쁨도 잠시, 남편이나 자식이 바뀌면 다시 욕심을 냅니다. 내가 바뀌는 것에 초점을 맞추는 게 아니라 상대가 조금 더 바뀌었으면 하는 겁니다. 안 바뀔 거라 생각했는데 바뀌니까 고맙기도 하고 욕심도 생겨서 '내가 기도를 좀 더 열심히 하면 더 바뀌겠다' 이렇게 됩니다. 그런데 기도를 열심히 했는데도 더 이상 안 바뀌면 또 성질이 납니다.

상대가 바뀌는 건 마음공부의 떡고물에 불과한데, 상대가 바뀌는 걸 보고 기적이라고 생각해서 상대를 바꾸는 데 재미를 붙이면 도로 괴로워집니다. 상대가 안 바뀌어야 좋다는 얘기가 아니라, 바뀌든 안 바뀌든 그건 나하고 상관이 없는 그의 일이라는 거예요. 바뀌면 그 사람이 좋은 거고 안 바뀌어도 그 사람 문제인 겁니다.

그래서 남편이나 자식이나 주변이 바뀌는 것을 기쁨으로 삼는 것은 위험합니다. 그들이 바뀌는 것은 그들의 문제일 뿐, 그들이 바뀌든 안 바뀌든 나는 상관하지 않고 수행해야 내가 진정으로 자유로워집니다.

그들이 안 바뀌어도 거기에 영향을 안 받고, 바뀌어도 내가 크게 상관하지 않는 마음이 있어야 내 행복이 지속될 수 있습니다. 남편도 바뀌고 자식도 바뀌는 건 좋은 일이지만 그걸 내 기도 공덕이라고 생각하면 안 됩니다. 그저 '고맙습니다' 해야지, 바뀌어서 내가 좋은 게 되면 안 됩니다. '남편이 행복해서 참 고맙습니다' 이렇게 마음을 내야지, '남편이 바뀌니까 내가 좋다'고 하면서 남 바뀌는 걸 갖고 내 행복으로 삼으면 남편의 태도에 따라 또 괴로울 수 있습니다.

내 공부에 집중해서 살아야 하늘이 무너져도 땅이 꺼져도, 남편이 죽어도 병이 나도, 자식에게 사고가 생겨도 내 마음이 크게 흔들리지 않습니다. 사고는 처리하면 되고, 병이 나면 병원에 가서 치료하면 되고, 때가 되면 죽으면 되고, 그렇게 마음이 여일如一해야 합니다. 바깥의 변화에 재미를 붙여서 '이래서 좋다. 저래서 나쁘다' 끊

임없이 생각을 일으키면 괴로움이 끝나지 않습니다.

어떤 일이 닥치든 거기에 구애받지 않고 자기 공부를 해 나갈 때 우리는 자유로워집니다. 그래야 오늘보다 내일이 더 자유롭고, 오늘보다 내일이 더 행복해져요. 지금까지 어떻게 살았든, 남편이 어떻게 했든, 아내가 어떻게 했든, 자식이 어떻게 했든, 부모가 어떻게 했든, 그것은 그들의 인생이고 나는 그 가운데서 나부터 행복해야 합니다.

그렇게 자기 공부에 집중해 나가면, 어느 날 아침에 일어나 보니 세상이 달리 보이는 그런 일이 생깁니다. 그래서 부처님이 이렇게 말씀하셨습니다.

전쟁에 나가 수천의 적을
혼자 싸워 이기더라도
스스로 자기를 이김으로써
최상의 전사됨만 못하느니라.
자기를 이기는 것 가장 현명하나니
그러므로 사람 중의 영웅이라 한다.

내가 남을 사랑하고 좋아하고 이해하면 내 가슴이 후련하고 내가 행복한 거예요. 내가 남을 보살피고 도와주면 내가 어른이 되고 주인이 되는 겁니다. 이것이 예쁜 옷을 입는 것보다 높은 자리에 앉는 것보다 가장 자기를 아름답게 가꾸는 법입니다. 그러면 나이가 들어도 당당하고, 평화롭고 곱게 물들어 가는 인생을 살 수 있습니다.

진리의 길은 나를 자유롭게 하고 행복하게 합니다. 진리의 길은 나에게도 좋고 남에게도 좋고, 지금도 좋고 나중에도 좋아야 합니다. 나는 좋은데 남에게는 나쁘거나, 남에게는 좋은데 나에게 나쁘거나 한 일은 오래 지속될 수 없습니다.

나에게는 이익인데 남에게 손해가 되는 일은 과보가 되어 돌아오고, 내가 희생을 해서 남에게 이익이 되는 일은 내가 오래 할 수 없다는 것입니다. 나도 좋고 남도 좋아야 오래도록 지속 가능한 행복이 유지됩니다.

지금은 좋은데 나중에 나쁜 것은 나중에 후회하게 되고, 나중은 좋은데 지금은 나쁜 것은 지금 하기가 힘들고 괴롭습니다. 그러므로 지금도 좋고 나중에도 좋아야 그 행복이 오래도록 유지될 수 있습니다.

여러분의 인생이 이 진리의 길에 있어서 지금도 좋고 나중에도 좋고, 나도 좋고 너도 좋은, 지속 가능한 행복을 마음껏 누리시기 바랍니다.

인생 수업
잘 물든 단풍은 봄꽃보다 아름답다

초판 1쇄 발행 2013년 10월 7일
개정판 2쇄 발행 2025년 01월 10일

지은이 법륜
그린이 이순형

펴낸이 김정숙
기획 이상옥 정연서
편집 권용욱 박해련 이현주 장윤정
디자인 송윤형
제작처 금강인쇄

펴낸곳 정토출판
출판등록 1996년 5월 17일(제22-1008호)
주소 06652 서울특별시 서초구 효령로51길 42 (서초동)
전화 02-587-8991
전송 02-6442-8993

이메일 jungtobook@gmail.com
홈페이지 http://book.jungto.org
인스타 www.instagram.com/jungtobooks

ISBN 9791187297789 (03810)

ⓒ 법륜